淘寶黃金手

第二輯 卷五 價值連城

羅曉 著

目錄

淘寶黃金手　第二輯

第七十一章

火隕刀

毛峰所說的火隕刀讓周宣有了極大的興趣，
他這張藏寶圖與自己得到的那張藏寶圖一模一樣，
莫非這藏寶圖與火隕刀也有什麼關聯嗎？
這一柄名為「火隕」的神秘小刀，又是什麼來歷？

玉金山走在前面，轉了幾個彎道，從巷道上走出去，一眼就望見了在船舷邊站著的周宣。

周宣微微一笑，伸手說道：「二叔，沒事吧？」

玉金山腦子裏一熱，眼睛都濕潤了，忍不住跟周宣擁抱了一陣，好一會兒才鬆開，然後又瞧了瞧後面跟著出來的毛峰。

毛峰一臉的恭敬和害怕的表情，玉金山倒是奇了，這到底是誰怕誰了？

周宣安慰著玉金山：「二叔，什麼事都沒有，你先回去漁船上，那邊好好的，等我把這邊的事跟毛先生商量一下，合作就合作吧，做完事就回程。」

玉金山怔了怔，有些不信，問道：「真的回去？」然後又瞧了瞧毛峰。

毛峰趕緊說道：「真的真的，玉船長，我就跟您說過了嘛，什麼事情都沒有，我只是想要讓你們的漁船幫一下我們的忙，在打撈的時候也許會需要你們的船幫忙，我會給酬謝的。」

玉金山這才覺得毛峰是真的會放他們回去，但又覺得沒有這麼輕鬆的事，想了想，會不會是胡雲過來替換他的呢？玉金山雖然覺得沒有那麼輕易的事，但現在既不敢也不想再多待在這船上，趕緊從船梯上回到自己那艘漁船。

福貴等人都躲在船艙裏，玉金山一回去，幾個人就把他圍了起來，低聲詢問著，玉金山又哪裡說得清楚？

玉金山說不出所以然來，想了想，又趕緊往駕駛艙跑去。

駕駛艙裏，兩名持槍的凶徒靠在椅背上動也不動，似乎在睡覺。關林、玉強、老江三個人大眼瞪小眼的，卻不敢上前把這兩名凶徒的槍給搶了，反制住他們。看到玉二叔和福貴他們跑了進來，當即做著手勢，示意別吵醒了這兩個凶徒，讓他們睡。

玉二叔有了在對面船上的遭遇，心裏一動，當即用手指試了試這兩個人的呼吸。

周宣原來是用冰氣異能凍結了他們的腦神經，讓他們醒來後也會成爲白癡，但後來乾脆一不做二不休，索性把留在漁船上的五個持槍男子全部解決掉了。

玉二叔手指一探到他們的鼻端，果然是沒有了呼吸，這時候也沒有一開始那般的驚亂，冷靜得多了，想了想便說道：

「福貴、福山，你們過來一起幫忙，把這幾個人抬起來扔到海裏去。」

福貴幾個人大吃一驚，趕緊搖手道：

「不不不……不敢……」

玉金山喝道：「不敢個屁，人家要你命的時候有猶豫過嗎？再說，這些人都是死人了，有什麼不敢的？」

福貴幾個人都是一詫，同時問道：「什麼？是死人？」

玉金山冷冷一哼，伸手一推，那兩個歹徒便滾倒在地，一動不動，玉金山又狠狠踢了兩腳，一點反應都沒有。

福貴這才伸手摸了摸，又試了試，這兩個人果然鼻息全無，全身冰冷，似乎已經死了很久了，身體都是僵硬的。

「真的死了！」福貴頓時興奮起來，忍不住狠狠踢了屍體幾腳，在這兩具屍體上出幾口惡氣，然後伸手抓起一具屍體的雙手拖了拖，又衝著福山幾個人叫道：

「看什麼，還不上前幫忙？」

福山幾個人這才醒悟過來，趕緊上前幫忙，七手八腳地把這兩個人抬到船艙外扔下海。這也不算謀殺，反正這些人已是死人，不用擔心害怕。

玉金山又帶著福貴幾個人到甲板上把另外三個人扔到海裏，對面的船舷邊上，周宣向他點點頭示意。

玉金山鬆了一口氣，忍不住地想開漁船逃走，但又想到周宣還在對面的船上，如果不是周宣，他哪能平安回來？現在周宣好像並不是單純換去做人質，反倒像是占了上風的樣子。

玉金山趕緊又跟眾人回到船艙裏商議，讓福山和福寶兩個人在窗邊監視對面船隻的動靜。

福貴趕緊對玉金山說了剛剛周宣做的事，又說周宣是練過武術的高手。玉金山恍然大悟，難怪周宣表情那般鎮定，敢情他早已經把毛峰等人制服了，所以毛峰才會那樣恭恭敬敬的，否則的話，哪有這樣好說話？

周宣見所有的事大致上都處理好了，這艘大貨輪上就只剩下毛峰一個人，所有武器也都被自己廢掉了，唯一沒廢掉的就是這艘船。

現在，周宣暫時還不想把船報廢掉，主要是毛峰所說的火隕刀讓周宣有了極大的興趣，他這張藏寶圖與自己得到的那張藏寶圖一模一樣，莫非這藏寶圖與火隕刀也有什麼關聯嗎？

毛峰所說的關於火隕刀的事很少，以凶刀來形容火隕刀，周宣有些不信，這世界上他唯一不信的，就是鬼神之說，那些神秘而不能解釋的東西，周宣寧願用神秘的外星文明來解釋。

而外星文明的神秘之處，周宣可不是沒見過，包括他自己身上的異能，冰氣異能是來自於外太空的物質黃金石，是不是外星文明還不能確定，但太陽烈焰的能力卻可以肯定是來自於外星人的高科技產物。

因爲在天窗洞底裏，自己親眼見到了那艘外星飛碟，九龍鼎和九星珠也確定是外星人的科技產物，只是那艘外星飛船已經毀於地心熔漿裏了，不可能再被挖掘出來。

這一柄名為「火隕」的神秘小刀，又是什麼來歷？小刀上真有什麼怪異的能力嗎？因為九龍鼎的原因，周宣有些擔心起來，如果火隕刀也像九龍鼎一樣，擁有無可比擬的龐大能量，那就可怕了。

人類居住的地球，現在的危險太多了，別說外星文明了，就是人類自己發明的武器和各種污染，就已經嚴重威脅到地球的生存了。

像九龍鼎之類的外星能量體，可以說對地球也是有致命性威脅的，而像莊之賢、馬樹、安國清、安婕這樣的恐怖貪婪之徒又是風起雲湧，一旦他們擁有這樣的武器在手，對人類就是毀滅性的打擊。

周宣雖然從沒想過要做什麼蓋世英雄，但他關心自己的家園，關心自己的親人和朋友，他絕不希望自己的親人朋友有一丁點的危險。

站在周宣面前的毛峰一句話也不敢說，因為他發現周宣似乎在思考著事情，不敢打擾他。

周宣抬起頭來，看了看緊張的毛峰，淡淡笑了笑，說道：

「毛峰，姑且叫你為毛峰吧，你們家族傳下來的秘聞，火隕刀是不是還有其他的秘密？這刀的來歷是什麼？」

毛峰心裏一跳，呆了呆，然後回答道：

「別的秘密……沒有……沒了……」

這話說得吞吞吐吐的，周宣就算是瞎子，也聽得出來他言行不一，哼了哼，然後說道：

「你不想說，我也懶得再問你，你現在所寄望的，就只有那艘潛艇了吧？」

毛峰在這一刻終於忍不住面色大變，那艘潛艇從頭到尾都沒有露出水面過，他也沒有在周宣這些人面前與潛艇通過話，而且，他們也聽不懂自己用外語說的話，又怎麼可能知道後面還有一艘潛艇呢？

毛峰幾乎覺得，他在周宣面前，就好像全身被脫光了衣服一般，沒有半分能隱藏的東西。

驚訝呆怔了好半晌，毛峰才驚道：

「你……你真是屠……屠……屠手？」

「什麼屠手？」周宣也詫然一聲，毛峰說的什麼屠手，讓他一頭霧水。

毛峰呆了呆，心裏卻忽然一喜，周宣的表情顯然不像是裝的，以他現在的處境，完全佔著上風，根本就沒有必要扮戲，所以毛峰不禁有些心喜，只要周宣不是屠手的殺手，那或許還會有些轉機。

只有面對傳說中的「屠手」組織時，毛峰才會覺得無比的恐懼，因爲在屠手之下，從來就沒有活口留下，所以到現在，屠手始終只是一個傳說，沒有人能見證，因爲見到過的人，

都已經成了死人。

周宣皺了皺眉頭，然後又問：「『屠手』是什麼東西？與火隕刀有關麼？」

毛峰表情緩和多了，立即說道：「不是就好，不是就好。」停了停後才說道，「屠手是一個殺手組織，因為從沒有人真正見到過，而屠手所接下的任務，也從沒有失手過。在這個世界上，屠手是一個恐怖的傳說，我……我剛剛以為，你是屠手組織派來的殺手。」

「哦……原來是這樣。」周宣點點頭，應了一聲，然後又說道：「我不是什麼屠手派來的殺手，也不是專門來對付你的人，不過，殺掉你對我來說，也不是什麼難事。我毫不隱瞞地說，你所有的手下都已經被我殺了，再多殺你一個，對我來說自然不算什麼，我會把你幹掉再扔進大海中，神不知鬼不覺的，沒人會知道，你說怎麼樣？」

毛峰臉色難看起來，不過，周宣的語氣中，明顯給他露了一絲風聲，他可以放自己一條生路，不過要看自己夠不夠配合。

想要反抗的話，無論用什麼方法，毛峰知道，他是不可能對抗得了面前這個看起來普通的年輕男子的，這個人顯然一點也不比傳說中的屠手差，也不知道自己怎麼會這麼倒楣，隨便在大海上攔截一艘漁船，卻碰到了周宣這麼個恐怖的煞星！

不能不說毛峰倒楣，世界如此之大，他怎麼就陰差陽錯地劫持了周宣的船！

毛峰猶豫了一陣，又瞧著周宣，看著周宣淡然自若的表情，似乎一切都在他的掌握之中，自己也不敢確定周宣到底知道不知道火隕刀的秘密，如果說他不知道的話，他又怎麼知道自己是來找這柄刀的？

再轉頭過來想一想，如果自己不說出來，不配合周宣的話，只怕自己也不能夠活著離開。當然，就算自己完全配合他，之後也不敢保證他就能放過自己，如果以自己的個性和做事方式，是絕不會留下活口的。

毛峰也知道，無論他說與不說，配合與不配合，現在的處境，他都沒得選擇。如果不配合，馬上就會被周宣點了穴扔進大海裏淹死，如果配合，雖然不能得到放過他的保證，但總有一絲可以活著的機會吧。

「好，我說，你想要問什麼？你想要瞭解什麼？」

毛峰猶豫了一陣，問了出來。

周宣會不會放過他，他只能賭一把，當然，也許在進行當中，自己還有機會逃掉，因爲潛艇還在深水中探測著。

周宣說道：「潛艇在下面探測吧？我跟你到儀器設備處，你跟潛艇上聯繫，我要瞭解潛艇在下面探測到的所有情況，然後再跟你聊一聊火隕的事情。」

毛峰又是心驚又是心涼，自己家族費了無數輩的努力也沒能找到這把火隕刀，輪到他有

了線索時，卻又碰到了周宣這麼一個變態，現在自己就是想要糊弄他也不可能了。以周宣的精明和對火隕的瞭解，想必無論如何也瞞不過去的，自己找不到還好，要是找到了火隕的話，只怕也落不到自己手中。

據祖先傳下來的秘傳說，火隕有神秘而又強大的能量，如果擁有了火隕，那他就是這個世界上最強大的人了。得到了這把火隕，他在家族的地位自然不言而喻，更重要的是，他就可以借助火隕的力量，讓自己的家族成爲世界上最強大最富裕的家族。

不過現在，他能從周宣手中搶回主動權嗎？要是不能，就算找到了火隕，他又如何可以把火隕擁爲己有呢？

毛峰一邊尋思著，一邊帶周宣到了貨輪的第二層艙中。有探測的儀器設備都在這一層的大堂中，周宣都沒見過。

打撈沉船的事，周宣從來沒幹過，他在海上的時間也不多，以前除了在索馬里海域有些經歷外，然後就是在紐約大西洋的近海探測過，在國內沖口也經歷過一次，那次是跟洪哥在一起，在海上，他們還歷經了槍手的襲擊……

所以，周宣在大海中的真正經歷，只有現在這一次。這段時間跟著玉金山出海打魚，才算是周宣真正的海上生活。

而玉金山的漁船上幾乎沒有高科技的探測設備，事實上，漁船也不必配備，探測儀對物體的掃描，對小魚來說是沒有作用的，除非是大型的海洋生物。不過在海中打魚，你不可能全是去打捕鯊魚、鯨魚等等大型海洋生物。

周宣看了看這些儀器，又聽到毛峰與潛艇中的人對答了幾句話，雖然他聽不懂，不過也不擔心，只要潛艇到了兩百米以內的範圍，自己一樣有把握控制住，就算自己再不注意，再大意，毛峰也不可能搭乘潛艇逃掉。

毛峰見周宣無所謂地瞧著他，想了想便說道：

「潛艇上的人還在海溝中搜索，不過海溝地形複雜，有的地方太窄，而海溝往前的方向，深度還在增加，地圖上的座標也不是很精確，只是目前在海溝的兩側還沒找到沉船。」

周宣想了想，然後說道：「你讓他們繼續尋找，現在，你先告訴我火隕的事情。」

毛峰苦著臉，攤著手道：

「火隕的事情，我也是聽家族長輩們說的，我的祖先當年在中國得到火隕之後，在回國的航程中，就是在這一帶海域出事了，船被船上的中國船夫炸毀，船上的所有財物，包括那個火隕刀，都沉入了太平洋底。我的祖先僥倖和兩名手下乘坐救生小船逃出來，在海上漂流了兩天天夜，然後才遇到經過的商船得以逃生，後來就畫了這裏的海域地形圖。

不過，這裏的海水深度太深，在當時的能力限制下，沒有辦法打撈起這艘沉船。後來的兩百年中，我的祖先試圖用一切辦法來尋找和打撈這艘船，想找回火隕刀，不過都是徒勞無

功。」

毛峰停了停，嘆了口氣又說道：

「本來那柄火隕刀上面，有一種奇怪的能量存在，用電磁感應器應該可以探測到，但當時我的祖先爲了隱藏火隕刀的訊息，用了一個特殊的盒子將它密封住了，這個盒子能隔絕掉電磁波，不讓它們洩露出來，所以我們現在用感應器探測也探測不到，只能靠運氣先找到那艘沉船再說。」

周宣心裏緊張了起來，看來這火隕刀還真有可能如他想像一般，是一件外星文明的高技術能量武器，如果真找不到，那也還好，但如果找到了，可又是一樣危險的東西。

或許把這個毛峰就此解決掉，就能杜絕了火隕現世的可能。

不過，周宣馬上又否決了自己的這個念頭，毛峰有這張藏寶圖，那別的人也可能有，不說別人，自己不也有這麼一張圖麼？雖然不知道是怎麼來的，但當年從海上逃生的有毛峰的祖先和兩名手下，或許船上還有別的人也逃出來了呢？

「這潛艇能潛到的最深度是多少？」周宣想了想，忽然問到了這個問題。

毛峰搖搖頭道：「因爲潛艇是各國受到限制的工具，所以潛得深的高強度潛艇我們也租用不到，這一艘只是很普通的小型潛艇，最深只能潛到一千五百米左右。在這一帶，如果沉船的地方超過了一千五百米的海底，那我們的潛艇就沒辦法找到了。」

周宣點點頭，考慮了一下，隨即說道：「毛峰，你讓潛艇浮起來，我跟你到潛艇裡去，咱們親自到下面尋找吧。」

毛峰一呆，萬萬沒想到周宣會要跟他一起到潛艇中去，呆了呆後才說道：「不行啊，那潛艇只能容納三個人，潛艇是需要兩個人操作的，一個正一個副，我們不能替換掉啊。」

周宣淡淡道：「沒什麼可不可以，操作潛艇也不是什麼尖端科技。」心裏正想著換上玉二叔，自己用冰氣異能制住毛峰就行了，便用異能探尋著漁船，卻不禁呆了呆。玉二叔和他的漁船，此時已經消失得無影無蹤。

周宣心裏一沉。玉金山等人最終還是因為害怕而拋棄了他。這讓周宣心裏有一種十分難受的感覺，不過，這種感覺只停留了一剎那，然後就消失了。

是啊，既然他離家出走到了外面，又何必再與世人有過多的感情？這個世界上，能在生死之間對他不離不棄的，也只有他最親最愛的人，爲了這些不相干的人，又何必有什麼不痛快的感覺？

也罷，就此與玉家脫離關係吧。

周宣的心頓然轉爲冷酷，剛剛對毛峰的手下們才下了狠手，現在又遭到玉家這樣無情的對待，要是有誰再惹到他頭上，天王老子他也會幹掉。

毛峰瞧著周宣面上冷冰冰的樣子，不禁有些毛骨悚然的感覺，自己偌大一艘貨輪，手下加水手一共六七十個人，此刻卻是死得一乾二淨，連對方用的是什麼手法都不知道，又如何不心驚？

毛峰驚恐之下，趕緊與潛艇聯繫，然後吩咐他們把潛艇開到海面上，暫停探測。

那三個人正自茫無頭緒地尋找著，聽到毛峰的命令後，當即把潛艇駛離海溝中，往海面上浮起來。

這艘潛艇來自於西歐的一個軍火商，因為毛峰的家族與他們有不少的軍火交易，彼此還算熟絡，所以毛峰在向他們支付高額的租金後，這艘潛艇就到了毛峰手上。

不過，國際上限制潛水艇私售，就算不是核動力的，他們也弄不到，只能買到一些過時的普通小潛艇。因為潛艇這種特殊商品不是普通的製造商能夠製造出來的，屬於各國的管控項目，要出售，如果沒有這些國家元首的批准，是不可能的。

如今，某些大國最先進的核潛艇，最深的潛水深度已經超過了一萬米，而他們這艘小潛艇，還是十年前就被淘汰的類型，能潛到的最大深度也只有一千五百米。

不過，即使如此，相對於這些人來，也相當有用了。海上的緝查隊通常只會查到在海面上走私的船隻，對於海面下的潛艇，就有些無能為力了。而那些邊防軍用雷達所監防的對象，也只是對國家有威脅的事件，比如走私之類的；說的不好聽點，對於國際軍火商，他們也是睜一隻眼閉一隻眼。

潛艇浮到水面上後，毛峰便對周宣說道：

「上來了，真要下去？」

周宣點點頭，然後吩咐道：「你去找一圈電線來，船上有沒有？」

「電線？」

毛峰詫道，怎麼也沒想到周宣會叫他找這個東西來，想了想便點頭回答道：

「有是有，要多少？幹什麼啊？」

周宣淡淡道：「要一千五百米左右，你找來，我有用，做什麼你不必知道。」

毛峰也不敢多問，周宣語氣雖淡，卻有著不由分說的威嚴氣勢，遠比他見過的一些黑道大頭目的氣勢都還要厲害得多，唯唯諾諾一聲，趕緊出去拿電線。

周宣自然不擔心他跟潛艇另外聯繫，在船上，所有的地方都在他的監視之下，毛峰只要有一絲異常的舉動，自己就可以把他斃了。

毛峰當然也不敢有別的舉動，頭先他已經嘗到了周宣的厲害之處，哪怕自己不在周宣的視線之下，卻一樣擺脫不了他的控制，這麼可怕的能力，他可是從來都沒見到過，也所以才會聯想到周宣是傳說中的「屠手」了。

毛峰在儲藏室拿了一整圈的銅芯電線出來，趕緊回到周宣那裡。

周宣淡淡一笑，提起線看了一下，這線是很標準、品質極高的線，裏面全是用銅芯做的，導電極好，這正合周宣的心意。當下把電線截了一千五百米左右，然後示意毛峰上潛水艇。

毛峰是萬萬不能留在船上的，他是主謀，把他放到不在自己能力監視的範圍下，他絕對無法放心，最好是把他一起弄到潛艇上，他就作不了怪了，即使想逃也逃不了。再說，在水底下若是出了什麼事，自己還有可能支持得了深水的壓力，而毛峰和潛艇上的其他人，肯定是必死無疑。

毛峰不敢反抗，把船尾的橡皮艇放下，讓周宣跟他一起上了橡皮艇後，才對潛艇上的人說了幾句話。

潛艇便像個圓形的地雷，只不過體形大了許多倍而已，露出水面的地方，有一個下水道一般的圓形鋼製蓋子打了開來，剛好容納一個人進出。

從洞口裏伸出半個身子的絡腮鬍男子聽了毛峰的話，然後「NO！NO！NO！」了幾聲，又說了幾句周宣聽不懂的話。

毛峰有些著急，瞧了瞧周宣，然後又嘰哩咕嚕地說了幾句話，接著，又伸了兩根手指頭比劃了一下。那個絡腮鬍男子還是搖了搖頭，周宣猜想毛峰是在跟他講價錢，而他不滿意，只可惜自己不會開，要不然直接把這絡腮鬍給人間蒸發算了。

開潛艇，就算再簡單，還是得有個懂的人在才好，這可不像開車，在公路上，自己還可以魯莽地試一下，但在超過千米深的海底中，這可不是開玩笑的，生手來開，萬一不小心撞到海底岩石，那就是一個艇毀人亡的結局了。

毛峰咬了咬牙，然後伸了五根手指，那絡腮鬍嘿嘿一笑，然後伸手指做了個「ＯＫ」的動作，接著又鑽進潛艇裏面去。

潛艇裏的兩個副手先後從裏面鑽出來，一邊打量著周宣，一邊從繩梯上爬到船上面去。

第七十二章

秘傳武術

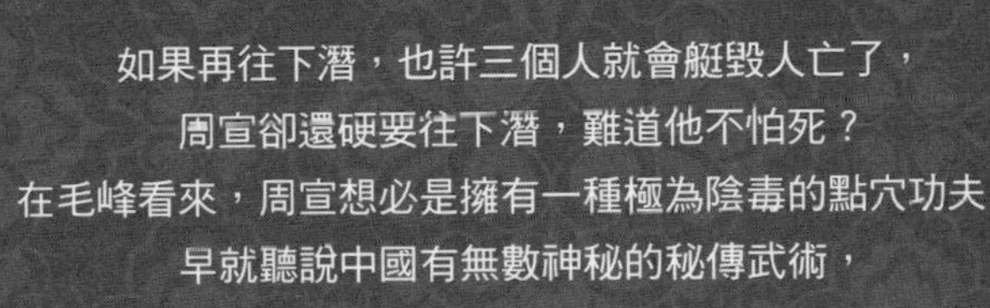

如果再往下潛，也許三個人就會艇毀人亡了，

周宣卻還硬要往下潛，難道他不怕死？

在毛峰看來，周宣想必是擁有一種極為陰毒的點穴功夫，

早就聽說中國有無數神秘的秘傳武術，

今天算是真正見識了。

周宣看到潛艇後面有兩個突出的機械位置，於是自己動手把那捆截下的一千五百米的銅線綁在了潛艇上面，然後把電線捋了幾下再扔到海水中。

毛峰很奇怪，不知道周宣到底在搞什麼，不過反對是沒有用的，人在屋簷下，不得不低頭，想要反抗，自己加上潛艇上的三個人都不是他的對手，只能老老實實照辦。

周宣接著又運起異能，把剛上船的那兩個人凍結到失去行動和說話能力，這艘船暫時還不能讓他們開著跑掉，自己也不敢確定潛艇能安全駛離大海到達岸上。

一想到這裏，心裏又不痛快起來，玉金山的行爲還是深深刺傷了他，縱然自己不想去報復他們，但心底裏著實不痛快。自己救了他們，他們反過來卻拋棄自己逃掉了，這份傷心，他無論如何也甩不掉。

周宣黑著面孔鑽進了潛艇中。毛峰也跟著鑽了進去。那絡腮鬍接著就拉好蓋子並拴好開關。

潛艇裏只有很小的空間，三個人剛好坐著三個位置，剩下的空間就不大了，再塞進一個成年人也不行，儀表盤上有一台電腦顯示器，上面有雷達顯示波，三人的正前方是一個圓盤形的透明設置，可以用肉眼望出去。

潛艇是用柴油作動力的，周宣一邊探測著潛艇裏的設置，一邊又探測著船上，兩個人被控制後，只能任由貨船漂浮在海面上。

毛峰見周宣進潛艇後並沒有說話，就對那絡腮鬍示意把潛艇開到海底。

潛艇中有雷達設置，所以並沒有把水下探照燈打開，潛艇以緩慢的速度下沉著，儀表盤上能清楚地看到顯示，三十，四十，五十……

周宣雖然看不懂外文，但阿拉伯數字顯示的深度還是看得懂的，異能又探測著潛艇尾部繫著的那條銅線。

大約潛到七八百米的深度時，銅線便被完全地拉開了，拖拉在海水中，周宣把異能從銅線中運過去，異能在銅線上立刻飛速穿梭到盡頭。

一千五百米外，周宣能清楚地用異能感應到電線盡頭處四周十來米範圍的一切。

這才是周宣的目的，毛峰當然是不知道的。

周宣運用異能直接探測，只能測到五十米的距離，但如果凝成束後，就能探測到兩百米外的距離，這已經是周宣異能運用到的盡頭了，不過，異能依附在能導電的金屬線上時，卻能將異能探測的距離延伸到一千五百米外，這是周宣在騰衝酒店無意中試驗得到的結果，此刻用來在海底探測沉船，倒是正好派上了用場。

潛艇與人工徒手下潛的速度可就不能比擬了，以前周宣在地下陰河中下潛時，有異能護身，還算是快的了，潛到三四百米的深度也要花上近一個小時，而現在，這艘小潛艇潛到一千米深的海中，卻只花了半個小時。

在一千米的深度中，雷達上顯示，左前方兩百米外的距離是更深的海溝，而就近的大片區域都已經接近到海底，距離海底也只有三四十米的深度，稍深一點的地方也只有不到一百米的樣子。

毛峰拿著他的藏寶圖，一邊瞧，一邊指揮著絡腮鬍在海底區域中探測尋找著。

那絡腮鬍嘰嘰咕咕地對毛峰說了幾句話，毛峰皺了皺眉頭，想了想，然後對周宣說道：「胡先生，他們已經在這一帶的海域探尋過好幾遍了，都沒有發現，估計在這個點附近應該是沒有沉船了，是不是沉船的位置沒弄對？」

周宣想了想，要說他也沒有什麼特別的法子，這圖是兩百多年前的人畫出來的，那個時候的人就算對這片海域再熟悉，也不可能弄得太精準，現在要說自己能出什麼主意的話，就只有開著潛艇四下搜索，用異能通過一千五百米長的銅線來探測。

這自然也是靠運氣，能不能找到，誰都沒有那個把握。

這可不像在陸地上，到哪個地方還有縣市鄉村等細微的地點標示，茫茫大海中，跟撈針也沒什麼區別，唯一可以憑藉的，就是一張大概的海域圖。

在這片海域裏，已經用了探測儀探測，但都沒能探測到沉船，這種探測儀很先進，是專門探測瓷器、金屬、木質等之類物質的，大海的底部通常就只是泥土岩石或者是火山岩之類的地質，這個儀器的探測波能分辨這些區別，從而肯定海底下有沒有沉船。

當然，毛峰也明白，儀器沒測到有沉船，並不表示一定就是準確的，海底中還有許多人類沒弄明白的事物，探測不到沉船還有許多別的因素，以前也有科學家曾證明過，有許多沉船最終的發現並不是靠儀器的探測。

「先沿著海溝左右兩邊的底部來回搜尋，然後再探測海溝中。」周宣想了想，對毛峰說。

大海這麼大，如果說要逐一四散延伸搜尋，那就是找一千年也找不完，還不如就在這個座標的位置加強搜索一下，也許還能有所發現。

那絡腮鬍的外國男子開著潛艇先在海溝左邊來回搜尋了兩遍，每一趟都搜尋了四五海里遠，然後換到海溝右邊，又來回搜尋了幾遍。

周宣用異能探測著潛艇四周五十米遠的範圍，另一邊又用異能從銅線上延伸到一千五百米外探測著，只是幾趟下來，卻沒有半點發現。

絡腮鬍是拿酬金的，找不找得到，都不關他的事，找得到當然更好，或許還有一份額外的酬勞，不過就算找不到，他也不擔心，因爲有協議在先，找不找得到毛峰的目標，都要付給他商議好的酬金。

但是毛峰就很失望了，他來的目的就是爲了火隕刀，幾百年來，他的祖輩爲了這個神秘

的東西而努力，在當今這個世界中，擁有強大的力量才有用，對力量及權力的追求，成了毛峰自小就被刻在心胸的目標。

如今，他被周宣神秘莫測的能力懾服，卻因此對火隕更加嚮往了，這種能力，以及那傳說中的屠手，或許只有擁有火隕之後才能抗衡吧？

周宣因為玉金山將漁船開走逃跑，心裏有些鬱悶，進而爆發出更強烈的戾氣，現在只想殺人解氣，陰沉著臉盯著儀表盤。

這一趟回去，玉家肯定是不待了，好在銀行帳戶上已經有十多萬存款，不管到哪裡，基本生活都有了保障，倒也是不會過分擔心。

絡腮鬍打開了深水探照燈，兩束強光照著前邊，接著轉頭對毛峰說了兩句話。毛峰點點頭，然後側頭對周宣說道：

「胡先生，現在只能再去探測一下海溝了，不過，海溝裏有的地方深，有的地方又很窄，所以危險性就大了很多，得減到極慢的速度來搜尋。」

周宣點點頭，對於開潛艇到海溝裏搜尋，他不想多發言什麼，自己對潛艇操作又不懂，還是少說話，多用異能探測就行了，如果在這一帶的海溝裏再搜索不到什麼線索，那就只能啓程返回了。

絡腮鬍開著潛艇慢慢進了海溝，深暗的海水在兩束強光的照射下，現出兩股白色的光柱，光柱中有些深海生物緩緩活動，周宣甚少見到過。

海溝初入處，深度已經到了一千兩百五十米，再往前，雷達探測的海溝底部的深度已經超過了一千五百米，也就是說，他們的潛艇根本就到不了最深的地方，而且越往下，海溝的寬度就越窄，潛艇根本也不敢開到下面，因為一個不好就會碰撞到岩石。

不過周宣異能探測到，銅線的尾端卻是沉到了海溝的最底部，潛艇往前開，銅線也就跟著慢慢拖過，雖然潛艇不能潛到最深的底部，但周宣卻把海溝底部探測得一清二楚。

海溝最深的地方，寬度不到兩米，深度也到了近兩千米，這樣的深度，其實就算搜尋到了，周宣也在考慮著能不能打撈上來？

沉船如果掉進海溝中卡住，那就麻煩了，海溝的地形已經限制了大型潛艇及設備可以靠近，若是再卡在海溝中的岩石上，就算再大噸位的拖船，也沒辦法拖得動。

絡腮鬍也不敢把潛艇開得太低，始終停留在一千兩百米左右的深度慢慢前行，這樣子搜尋了四五哩，仍然沒有一丁點的發現。

包括周宣，異能通過銅線探測到的海溝最深的底部，也沒有任何發現。

在五海里外，絡腮鬍把潛艇停下來，然後說道：「沒有發現。」毛峰看著周宣，看周宣的意思是再繼續探測，還是換一個地方搜索。

周宣沉思著，忽然間抬起頭來，對毛峰說道：

「毛峰，你讓潛艇調頭，開回後面七八百米的地方。」

毛峰一怔，瞧了瞧周宣，見他面色沉沉的，很是奇怪，難道他有所發現了？

大家都在潛艇裏面，同樣盯著潛艇裏的儀器顯示，就算有什麼發現，那也是一樣的啊，自己和絡腮鬍都沒有什麼發現，他能發現什麼？

不過，毛峰又想起了周宣的恐怖之處，這樣一個神秘無比的兇悍之徒，能力比他強，那也不奇怪。接著毛峰又想到，在上潛艇的時候，周宣把那捲一千多米長的電線捆綁在潛艇上面，不知道有什麼作用？難道與尋找沉船有關？

毛峰沉吟了一下，然後趕緊對絡腮鬍翻譯了一遍，絡腮鬍怔了怔，隨即臉上浮起了惱怒之色，嘰哩呱啦大說一通。

周宣雖然聽不懂，但絕對明白他的意思，見他一邊說著一邊拿眼瞪著自己，顯然是說已經搜尋過的地方，幹嘛還要白費事再回去一次？毛峰很爲難地向他解釋著，一邊又瞄著周宣，生怕惹惱他生氣。

那個絡腮鬍自然看出來了，一直在奇怪著，來的時候，他知道毛峰只是一個人，除了他那些雇傭的職業軍人和手下外，沒有別的同夥；也就是說，這件事，到底是因爲什麼而來，恐怕就只有毛峰自己一個人才明白，而這個跟著一起到潛艇上來的東方人，顯然是半路來客，難道是用什麼脅迫著毛峰？

那絡腮鬍這樣一想，當即凶光一露，霍地一下子從腰間抽出一把手槍來，槍口對著周宣的頭部，然後嘿嘿獰笑著說了幾句話。

毛峰吃了一驚，心裏惶恐不已。

當然，他心裏十分矛盾，一方面希望絡腮鬍一槍把周宣給打死，一方面又擔心絡腮鬍的槍對周宣根本就沒有影響，因為在船上已經證實過了。

船上自己的手下有五六十個人，其中有二十多個是身手厲害之極的職業軍人和殺手，這些人都是殺人如便飯的角色，對於槍枝彈藥的熟悉程度根本就不用說了，但在船上那麼多人，卻沒有一個開得了槍。自己也拿手槍射擊過，也不知道周宣用了什麼手段，反正槍對他一點用也沒有。

絡腮鬍現在手中的槍有用嗎？對周宣會有威脅嗎？

答案自然是否定的。

周宣嘿嘿一笑，伸出手指著絡腮鬍道：

「如果不是因為你是開潛艇的，我馬上治死你。」

這話那絡腮鬍聽不懂，但毛峰卻是聽得懂，臉色也隨之變了。

絡腮鬍雖聽不懂，卻看得出，周宣根本就不怕他的手槍，好像他拿的只是一把玩具手

槍，當即怒喝一聲，手指一扣，對著周宣便開了一槍。

周宣又是嘿嘿一笑，冷冷地盯著絡腮鬍。

絡腮鬍只聽到撞針的響聲，子彈並沒有射出來，絡腮鬍怔了怔，隨即又連連扣動了五六下，撞針的聲音連連響動，但就是沒有子彈射出來。

絡腮鬍頓時發起愣來，記得出海時還用這把手槍射擊過，怎麼到現在就失靈了呢？毛峰剎那間明白過來，這個人果然是有那種神秘莫測的本事，暗地裏已經把絡腮鬍的手槍解決掉，跟在船上的情形一模一樣。

周宣把手指緩緩點向絡腮鬍，絡腮鬍猛然醒悟，立即一閃，但忽然間便發覺到，周宣的手指中有一股源源不斷的寒氣湧入自己額心，然後四散到身體裏，寒冷之氣湧到哪裡，自己身體的那個部位便不能動彈了。

這一下，絡腮鬍才大驚失色，可是身體動不了半分，周宣的手指輕輕頂在了他的額頭上，那股寒氣便如一柄有形有質的寶劍一樣，要將他的額頭刺穿出一個洞來。

周宣這才冷笑道：「不想死的話，就給我好好開潛艇，如果你想死，我現在就可以處死你。」

面對周宣冷冰冰充滿肅殺之氣的話語，絡腮鬍嚇得魂飛魄散，哪怕聽不懂周宣半句話，卻只是拼命地點頭，不敢再做反抗。

毛峰心如死灰，這才明白到周宣的真正可怕之處，心裏存著的一點僥倖心理也消失得一乾二淨了。

周宣當然只是嚇唬一下絡腮鬍，要是把他給弄死了，就沒有了開潛艇的人了，自己也不會好過。不過，他臉上的表情卻沒有鬆動，嘿嘿冷笑一聲，然後才收回了手。

當周宣的手指離開絡腮鬍時，絡腮鬍身體中的寒冷之氣一下子就隨之消失乾淨，身體也能動彈了，全身的難受也在一剎那間消失得無影無蹤。

一下子的舒暢，讓絡腮鬍如釋重負，但腦子裏同時又充滿了恐懼的念頭，這個人實在太可怕了，他手指上怎麼會有那麼寒冷又恐怖的氣息呢？難道他裝有什麼電流裝置？

不過，不管怎麼想，絡腮鬍可再也不敢對周宣不敬了，趕緊老老實實駕駛著潛艇，不過眼光還是悄悄瞄著剛剛從自己手中跌落到地上的手槍，雖然他弄不明白剛才手槍怎麼就啞火了，但在他看來，能給自己防身的，恐怕也就只有那柄不能發射的手槍了。

周宣瞄到了他的眼光，不動聲色地彎腰撿起那把手槍。

周宣這一撿起手槍不打緊，可是把絡腮鬍和毛峰嚇得要命，有如骨刺在喉一般，渾身不自在。這槍在他們手裏打不響，但難保周宣不會拿槍對著他們射擊。

周宣嘿嘿一笑，異能運出，把手槍中間的部位轉化吞噬了一些，然後雙手一扳，聲音都沒有，槍就給扳成了兩半。

這一下可是又把毛峰和絡腮鬍嚇得目瞪口呆起來。本以爲周宣會拿槍來威脅他們，卻沒想到他是用力把手槍扳成了兩半，這可不是樹枝啊，是一把精鋼做成的手槍！

毛峰和絡腮鬍見過的狠人高人也多得很，卻從沒有見過能徒手把手槍扳斷的人，就算是把手槍扳彎的都不曾見過，更別說把手槍扳斷掉了。再說，這把手槍絕對不是周宣帶過來的道具，而是他從地下撿起來的絡腮鬍的手槍。

周宣的這一手，雖然沒有殺人傷人，但卻同樣有著無比的威懾力。毛峰和絡腮鬍兩個人再也不敢有別的念頭了。

毛峰催著絡腮鬍趕緊把潛艇調頭開回去，絡腮鬍也不敢再多言，立即把潛艇升高了一些，在寬一點的地方調了個頭，然後往搜尋過的地方開回去。

其實，周宣對剛剛那個可疑的地方也不是太確定，因爲異能探測有一個特點，也是限制，就是地球上所有的物質他都能探測出來，但也有探測不到的，比如來自外太空的隕石黃金石，太陽烈焰能量體轉換器九龍鼎和九星珠，以及在天窗地底暗河中發現的那艘飛碟，這三件物體都是異能探測不到的物體，而它們都是來自地球文明之外。

所以，周宣肯定，只要是他的異能探測不到的物體，都是不屬於地球之物。

剛剛絡腮鬍開著潛艇過來的時候，周宣用異能從銅線上探測著，有很短一段時間，他竟然什麼都沒探測到，後來想起來才覺得怪異。

他的異能是無間斷探測的，所經之處，哪怕是泥土岩石，都會有感應，可剛才那一小段時間裏，異能卻什麼都沒探測出來，周宣才突然發覺不對勁，這段探測的空白，也許才是最大的發現。

潛艇在往返程的時間中，周宣全力運起異能從銅線上探測著，在銅線的另一頭，感應著海溝底的情況。

雖然看不見摸不著，但銅線掠過的地方，海底的情形卻清清楚楚顯現在周宣的腦子中，毛峰時不時偷偷注意著周宣，見他偏頭尋思著，似乎在側耳傾聽著什麼。

其實周宣不是在傾聽什麼，也不是在尋思什麼，只是運起異能在全力探測。

潛艇開得很慢，差不多四五分鐘才開了七八百米。

驀地，周宣身子顫動了一下，他這一顫動，把毛峰和絡腮鬍都嚇了一跳。

周宣的顫動可不是心裏害怕，而是忽然間，異能在一剎那間什麼都探測不到了，就好像銅線的那一頭漂浮在了太空之中，除了真空就是真空，連一絲半縷的空氣都沒有。

周宣立即知道這個地點果然有些不對勁，銅線的那一頭就算沒有觸到海流，但也能探測到海水吧?但在那一剎，周宣卻連最基本的海水訊息都沒能探測到。

「停下來，馬上停下。」周宣在呆了呆後馬上說道，絡腮鬍這一下倒是機靈地不用毛峰

翻譯，便將潛艇停了下來。

周宣在潛艇靜止下來後，再用異能探測了一下潛艇外面那條銅線的斜跨度，然後估計了一下距離，說道：

「毛峰，讓他把潛艇調回頭，前進十五米左右。」

毛峰詫異地給絡腮鬍翻譯了，心裏卻奇怪得很，不知道周宣在搞什麼鬼。

那絡腮鬍也很奇怪，但這時卻是不敢再跟周宣反駁，毛峰怎麼說，他就怎麼做，把潛艇調回了頭，然後開了大約十五米左右，停下來後再瞧著周宣。

周宣點點頭，然後又道：

「就在這個位置，慢慢往下潛。」

毛峰把手往下一壓，示意了一下，絡腮鬍當即明白了意思，潛艇便慢慢往下潛。

在這個位置，海溝的寬度大約有二十多米寬，不算窄，但深度已經到了一千三百米左右，所以再往下潛，絡腮鬍便減慢了下潛的速度，到了接近一千五百米的深度時便停了下來。

絡腮鬍對毛峰說了些話，毛峰不敢怠慢，趕緊替周宣翻譯了出來：

「胡先生，他說這潛艇的下潛極限是一千五百米，到這裏就不能再往下潛了，再潛下去就會有危險。」

這個不用他說，周宣和毛峰都明白，潛艇在設計之初都有設定極限的分界點，超過了這個點，就是潛艇不能承受水下壓力的臨界點了。

毛峰看了看雷達探測器的螢幕上，探測顯示，這個位置的水下深度還有一千多米的距離，就搖了搖頭道：

「胡先生，您覺得這個地方有什麼不同嗎？潛艇上也有探測的儀器，在這個地方顯示下面一千多米的底部，是沒有沉船和其他可疑物體的。」

周宣沒說話，凝身探測著，潛艇下面的距離並不如潛艇上雷達顯示的那樣，還有一千多米的深度，在他的異能探測下，在剛好接近兩百米的位置，就是什麼都沒有顯示的地方了。

周宣想瞭解，這個地方究竟是什麼原因導致他的異能什麼都探測不到，當然，這並不表示周宣就能肯定，這裏與沉船和神秘的火隕刀有關。但現在，他面臨的第一個問題，就是潛艇深度極限的問題。

如果在這個深度，周宣就算出了潛艇，也沒有把握能在一千五百米以下的深水中徒手潛水。

猶豫了一陣，周宣忽然想到，在以往的潛水經歷中，跟他在一起的，比如傅盈和魏曉雨魏曉晴，在到了她們能潛到的極限後就沒辦法再潛下去，但自己用異能護持著她們的身體時，她們能承受的壓力就會大大增加，雖然不可能像自己一樣隨心所欲地在深水中做任何

事，但她們承受水下壓力的能力幾乎就跟自己一樣了。

想到這裏，周宣突然生出一個念頭，如果運用異能護住這艘潛艇的話，那潛艇承受壓力的能力會不會也就大大增加了？

周宣這個念頭一起，就再也止不住衝動了，當即把異能運起，在潛艇表面做了一個能量罩，然後對毛峰說道：

「毛峰，讓他再往下潛。」

毛峰呆了呆，臉色一白，趕緊說道：

「胡先生，不妥吧，如果再往下潛，潛艇就承受不了壓力了，只要有一丁點異象產生，那我們就必死無疑了。」

周宣淡淡道：「告訴你，如果不下潛，你們現在就必死無疑；往下潛的話，還有活路。潛與不潛，就看你們自己的意思了。」

毛峰愣了起來，臉色一陣白一陣青，看來周宣是下定了決心要往下潛，自己已經說得夠清楚了，如果再往下潛，也許三個人就會艇毀人亡了，他不可能不明白自己的意思，卻還硬要往下潛，難道他不怕死？或者他已經有了把握？

周宣冷冰冰的眼神盯著毛峰和絡腮鬍兩個人，毛峰心裏冰涼一片，又是一個寒戰，再也不敢多說，趕緊讓絡腮鬍往下潛。

絡腮鬍是嘗到過周宣的厲害的，那寒冷氣息上身的感覺，他這輩子都不想再試一次了。既然現在退也是死，進也是死，倒不如聽他的吩咐，要死就死吧，只要不被他的寒冷氣息整死就好。

在毛峰看來，周宣想必是擁有一種極爲陰毒的點穴功夫，早就聽說中國有無數神秘的秘傳武術，今天算是真正見識了。

絡腮鬍再度操縱著潛艇往下緩緩下潛，一千五百一十米，一千五百二十米，一千五百四十米，一千五百八十米……

絡腮鬍越潛倒是越覺得奇怪了，潛艇在緩緩下潛中，儀表盤上的顯示卻是沒有半點承受不住壓力的顯示，這倒是奇了。難道潛艇裏的儀器都出了問題？或許現在的水深並沒有到一千五百米以上？看潛艇的反應，似乎也就只在幾百米的深度而已啊。

既然潛艇沒有承受不住壓力的反應，那絡腮鬍也就沒有那麼擔心了。

潛艇緩緩地繼續下潛，一切都顯得很正常，當潛到一千七百米的深度時，周宣忽然伸手一攔，說道：「好，停下來。」

當潛艇停下來後，周宣又對毛峰說道：「把潛艇再調個頭，然後退後五米。」

毛峰吩咐著絡腮鬍照周宣說的辦，卻發現周宣望著潛艇的顯示幕上直發呆。

毛峰和絡腮鬍都有些奇怪，周宣是怎麼了？在發什麼呆？還有什麼事能令他發呆？兩個人不由自主地把視線投到了螢幕上，這一望，兩個人也不禁呆了起來。

螢幕上顯示的是一艘半木半鐵製的大船。船身上儘是海底生物沾附著，從整個形體看來，分明就是一艘沉船。但奇怪的是，潛艇裏的雷達顯示，此處並沒有任何物體，到海溝的底部還有八百米深，這又是怎麼回事？

三個人仔細地從潛艇螢幕上觀察著，面前這個暴露在探照燈光源下的物體，正斜斜地卡在狹窄的海溝岩石中，這個大大的長方形物體，整個表層都披上了一層黑綠色的海藻之類的東西，可以肯定，這就是一艘沉船，落進海溝中後，卡在了岩石中間。

可是絡腮鬍和毛峰感覺最奇怪的地方就是，潛艇上的雷達爲什麼搜索不出這艘沉船的位置？而且從探照燈光源的顯示下，這下面顯然已到了底，可是爲什麼雷達卻顯示是在八百米的深度？而剛剛潛水深度的顯示已經達到了一千七百多米！

應該是潛艇裏的儀器發生了故障，否則潛艇根本就不可能潛到這個深度還一點反應都沒有，一切都正常得不能再正常，這其實也是很不正常的。

第七十三章

千鈞一髮

如果現在把異能也凝結成一束，專門防護在某一個點上，
會不會就可以使潛艇的防護力增強許多？
不過，周宣防護的點必須要絕對準確，否則就會艇毀人亡了。
周宣沒有功夫再細想，千鈞一髮之際，只能賭一把了。

絡腮鬍和毛峰是驚疑不定，但周宣卻不這麼想，在他親眼看到了沉船後，更加肯定了自己的猜測，這裏一定有異常因素在內，否則他不可能用異能探測不到沉船。

還有這裏的海底，看起來明明就只有三四十米的深度，但異能卻探測不到，顯然這兒一定有黃金石或者是九龍鼎、九星珠一類的物體存在，因而干擾了自己的異能探測。

毛峰呆愣了一陣，隨即大喜若狂，忍不住手足舞蹈起來，要不是潛艇裏的空間太小，只怕他還會翻起跟斗來。

周宣鎮定下來，然後再運起異能探測著船裏面，但他絲毫不感到意外，異能依然不能探測到船裏面去。

絡腮鬍看著周宣和毛峰都在發著呆，禁不住小聲地對毛峰說了幾句話，只是他這番話，就如同在毛峰頭上澆了一盆冷水，從頭涼到腳。

因爲絡腮鬍跟他說的是，這艘沉船卡在了這麼深的海溝中，而岩石壁跟海溝上面的地勢是弧形的，如果用鋼纜抓住沉船，在海面上，無論用多大噸位的拖船也是拉不動的，而在這個區域裏，人工潛水也肯定到達不了這麼深的地方。

換句話說，在這個區域，即使發現了藏寶圖上的沉船，他們也沒有能力把沉船拖出海面，或者是到船上尋找任何東西。所以絡腮鬍一說，毛峰便心如寒冰一般冷。

毛峰怔了片刻後，隨即對絡腮鬍說道：

「潛艇上有機械手，你操縱機械手，抓開船表面的東西。」

潛艇上有兩條伸開來有四米長的機械手臂，是專供在海中操作的，不過操縱的靈活度當然不可能如想像中，跟真人一般的機器人一樣。這艘潛艇的機械手臂就跟那些挖土機、鑽空機的操作手臂一樣，只能進行簡單和基本的操作控制。

絡腮鬍回過神來後，當即把潛艇開得離船身近了一些，在船的甲板方向處停下。

如果在船下面可能會有危險，萬一動到船身時，沉船有可能鬆動往下沉，壓到或撞到潛艇就危險了。

潛艇往下的方向斜斜停住，探照燈光照射下，甲板上靠艙房的地方，有一個兩米多直徑寬度的大洞孔，看樣子像是炸彈炸開的，又像給天上掉一塊大石頭下來砸穿的一般。只是砸破的洞孔裏面卻是黑黝黝的，什麼也看不清。

絡腮鬍操縱機械手臂，把面前的船身表面上的東西撥弄了一下，在燈光照射下，有幾個海底生物受驚浮起來逃開。

沉船被撥弄了幾下後，扒開了一些藻類，露出了船身的木質層，機械手臂一碰，有的地方便如豆腐一般立刻碎爛壞掉，有的地方卻仍然完整。

看得出來，船上一些重要受力的部位是用極扎實的實木做的，在海底浸泡了幾百年，竟

沒怎麼腐爛，其他比較不重要的地方，用的就只是普通木頭了，兩百多年下來，已經給海水浸泡得腐爛透了，輕輕一碰就會變成粉末。

這是一艘兩百年前的貨輪，雖然沒有先進的機械裝置，但船體本身卻造得很牢固，潛艇上的機械手臂只能扒開表層黏附的一些東西，艙壁卻弄不開，潛艇也不可能開進船身艙房裏面去。

絡腮鬍沒料到這下面還真找到了一艘沉船，這時對周宣的感覺不僅是害怕和畏懼，更多了幾分神秘感，同樣是在潛艇中，而且操作潛艇的人是他，周宣怎麼就會發覺這個地方有沉船了？

機械手臂大力地抓扯著船身的木壁，將船身弄得搖晃起來，船身上棲息著的一些海底生物也紛紛受驚逃開，一時間，船身便如一隻刺蝟，將身上的刺發射了出來一般。

周宣忽然在這個時候感覺到了一種危險。

雖然異能探測不到什麼，但腦子裏卻有一種極度危險的感覺，只能趕緊用眼睛盯著潛艇前方，一邊盯著一邊大聲叫道：

「把潛艇退開一些，小心……」

毛峰有些發怔，也不知道是什麼情況，但眼前看來卻是沒有什麼異常發生，那些船身上散開的海底生物都構成不了危險，也不知道周宣是在警告什麼，所以沒有向絡腮鬍翻譯。

就在這個時候，三個人都清楚地看到，潛艇前方照射的光柱中，船身上的大洞孔裏，驀地竄出一支箭一般的生物來。

之所以說像箭，是因爲對著潛艇衝過來的東西，有著黑色如鋼鐵一般長長的尖刺形物體，頂端很尖，後面漸漸擴大，因爲速度太快，也看不清楚是什麼東西，但可以感覺到，這個東西體形不小，至少有幾米長。

周宣的異能一直沒有停止施放過，這東西他竟一點也探測不出來，但危險的氣息就是來自這個東西。

絡腮鬍操縱的機械手臂剛好縮回來擋在了潛艇前面，那個快速如箭一般的東西，猛一下插在了機械手臂上。

因爲潛艇表層都被周宣的異能包裹著，此時，機械手臂和潛艇已不是普通的潛艇，機械手臂在異能的護持下，防護能力不知道上升了多少倍，周宣的異能中包含了極低溫的冰氣異能和超高溫的太陽烈焰能力，所以這兩條機械手臂，不論是用超低溫度凍結，或者是煉化鋼鐵的高溫，都損壞不了它。

就在這一撞之際，「轟」的一聲大響，兩條鋼鐵機械手臂碎成了無數塊碎片，而那個撞擊過來的箭形物體也彈回船壁上，把船壁木板又砸穿了一大片。

衝擊力還在繼續，絡腮鬍和毛峰雖然驚呆了，但也沒有任何辦法，是死是活都只能等

待。

周宣知道危險，拼了全力，運起異能凝結成防護罩籠罩著潛艇，在這個時候，要是潛艇被那股衝擊力迫得炸裂開來的話，那他們三個人就死無葬身之地了。

龐大的衝擊波瞬間衝擊到船身上，與周宣的防護氣罩一碰撞，周宣便覺得有如給千斤重錘擊打在胸口，眼前一黑，哇的一聲，一大口鮮血噴了出來。

潛艇在震動搖晃中動盪不已，儀器紛紛發出警報，絡腮鬍和毛峰慌亂中，趕緊把潛艇往上升，好在震動雖然猛烈，但潛艇卻沒受到毀滅性的破壞，柴油發動機還能正常運行。

周宣歪倒在座位上，腦袋重重地在潛艇冰冷的鋼鐵壁上碰了一下，疼痛讓他清醒過來，想也不想地便趕緊又運起異能防護著潛艇。

當周宣的異能運起，凝結成防護罩籠罩住潛艇後，潛艇裏的儀器警報便迅速減輕下來，以最快的速度往海溝上面上升著。

好在那個撞擊潛艇的怪異生物也沒有再接著緊追過來。

周宣探測不到這個東西，但想來不是牠不追擊，而是剛剛在與潛艇猛撞的時候，牠也被炸裂的力量彈到船壁上，砸爛了船壁，不知道是死是活。

潛艇迅速上升了三四百米，看到那個可怕的東西沒有追上來，幾個人才都鬆了一口氣，毛峰喘著氣抹著汗說道：

「那……那是什麼怪物？」

絡腮鬍也臉色煞白地道：「太恐怖了，這東西比炸彈還要厲害，潛艇上的機械手臂都給炸成了碎片，這種精鋼設備，便是高效炸彈也炸不成這個樣子啊？更奇怪的是，在這麼強有力的爆炸力之下，我們的潛艇怎麼還能安好無損？」

絡腮鬍這話，周宣聽不懂，但毛峰卻懂得，也是驚疑不已，但不管怎麼樣，潛艇沒炸掉，他們還活著，就是好事，又驚又懼之下，只是催著絡腮鬍趕緊把潛艇往海面上返回去。

潛艇往上潛要比往下潛要快一些，因為往下潛不敢全速，往上潛卻可以全速，十幾分鐘後便潛到了兩三百米深的海水中，儀表盤上，雷達上顯示著海面上那艘貨輪仍然還在。

周宣這一陣才緩過氣來，胸口裏氣悶不已，這一下炸裂之氣讓他受了不輕的傷，好在潛艇快到海面上了，不過就在這時，那種危險的感覺又來了。

周宣身子一顫，然後趕緊叫道：

「快，潛到海面上，那東西又來了。」

異能探測不到那個怪物，這時，潛艇駕駛一面的透視窗也是朝上，看不到海水下面的方向，周宣雖然在叫著，但三個人都瞧不見那個怪異的生物到底有沒有追過來。

周宣唯一的憑藉，便是腦中那一絲近乎於先知先覺的感覺，以前有生命危險的時候，異

能便有一種類似的危險警告。

毛峰膽戰心驚的，到現在爲止，周宣在他面前表露的是強大和神秘，似乎是無所不能，但現在連周宣都有些慌亂得無法應付了，他自然也沒有膽量再繼續，什麼火隕都拋到了九霄雲外了。

毛峰忍不住朝絡腮鬍大叫著，絡腮鬍哪用得著他催？這一陣一直是全速往海面上潛，根本不用別人指揮，何況就算再叫嚷，他也沒有辦法，潛艇已經開到了最大的速度。

周宣一伸手，抓著了座椅上的扶手，然後全力運起異能防護著潛艇，那怪物給他的危險感覺越來越近，已經沒有別的辦法，只能用異能再防護著潛艇，那怪物肯定與未知的能力或者是外星事物有關，否則他不可能探測不到。

異能探測不到，自然就不可能把這個怪物轉化吞噬掉了，所以這個東西雖然算起來不算龐大，當然，這是他們剛剛看到的樣子，在海洋的生物中，就算是最龐大無匹的座頭鯨、大鯊魚等等兇猛的海洋殺手，對周宣都構成不了威脅，異能可以把這些東西在眨眼間弄得消失無形。

不過，這個東西周宣卻無計可施，但有一點可以肯定，這個怪物對於周宣的異能，也不是說破就能破的，剛剛兩者一相撞，便像火星撞地球一般相互受損了。

看來那怪物並沒有被這股爆炸力炸死，或許只是暈眩了一陣而已，清醒過來後便又追擊了過來，或許是惹火了牠吧。

周宣雖然探測不到牠，但這時，異能卻能探測到潛艇附近幾十米中的海水變化，在下方的海水便如有一發魚雷在穿梭般分開來，周宣當即知道那怪物從下方追了過來，而且是用很快的速度再次撞擊過來。

周宣不由得暗暗叫苦，這東西就像瘋子一般，以自己的身體來撞擊潛艇，顯然智力有問題，如果是具有人一般智力的生物，應該不會做出這樣的舉動，至少是會考慮到自己的性命吧，要跟人同歸於盡的做法，就算是動物，那也不容易辦到。

毛峰和絡腮鬍看不到下面，自然不知道危險將近，只是聽到周宣的叫聲，也無比驚恐起來，雖然看不見，但周宣的能力顯然遠強過他們，周宣都這樣害怕，那他們還能有什麼好說的？

周宣危急中想到，自己把異能凝成束的時候，要比三百六十度範圍的分散要探測得遠得多，如果現在把異能也凝結成一束，專門防護在某一個點上，會不會就可以使潛艇的防護力增強許多？

應該有這個可能，不過，這又要求周宣防護的那個點必須要絕對準確，否則只要稍有一絲偏斜，就防護不到那怪物撞擊的那個點，就會招致艇毀人亡了。

周宣沒有功夫再細想，千鈞一髮之際，只能賭一把了，想也不想，便全力運起異能凝結

成一束，再探測到潛艇下邊的海水中，指向潛艇外殼的那個點，當即把全部的異能運到那個點上，賭了這一把。

頭先在海溝中的時候，周宣防護潛艇時，異能是籠罩著整艘潛艇表面的，耗費的異能自然要大得多，也弱了許多，而現在全力集中防護在一個點上，比那一下子的能量顯然就要強了許多。

毛峰和絡腮鬍兩個人什麼也看不到，但感覺到潛艇猛烈顫動了一下，但沒有第一下那種爆裂的響聲，只有一聲極輕巧、好像氣球被插破了的聲音，跟著，一根長長的尖形物體如刺刀一樣，從周宣防護的那個點穿透進來。

「撲」的一聲，又插進了絡腮鬍的胸口中，絡腮鬍哼也沒哼一聲，便立即斃命了。

毛峰嚇得「啊喲」一聲大叫，那刺刀形的尖物體至少穿進潛艇裏一米多長，插死了絡腮鬍後，擺動了幾下，猛地又抽了出去，隨即海水如箭一般從這個洞口裏射了進來。

這時的深度只有幾十米了，就差那麼一點點就能潛回到海面上。

潛艇的其他儀器都沒被損壞，但被硬生生刺穿了一個洞，好在是在三四十米深的海水中，壓力不是特別大，但要是海水灌滿潛艇內部，依然會沉下海底去。

毛峰看那絡腮鬍操縱過潛艇，也稍懂一些，這時趕緊把潛艇繼續往海面上開，從穿透的洞中，海水強有力地射進潛艇裏面，毛峰只能躲閃著操縱潛艇。

周宣繼續探測著那個怪物，剛剛那一下，要不是他用異能全力防護著那個撞擊點，那怪物的撞擊力一下子就能把潛艇撞成碎片。好在異能全力防護著，那怪物的尖嘴只是點撞擊，沒有發生頭一下那種劇烈的爆炸。

毛峰驚慌失措地操縱著潛艇，好在這時潛艇離海面的距離極近，幾乎就在霎那間，潛艇便冒出海面一大截，毛峰顧不得多想，趕緊起身，用力把頭頂的蓋子打開，不顧一切鑽了出去。周宣也喘著氣跟著爬出去。

在潛艇上才看到，那艘貨輪離他們的距離還有兩百米左右。此時的太陽正當頂，不過毛峰和周宣都感覺不到太陽的火辣。

毛峰驚恐地指著海水的一面叫道：「胡……胡……胡先生……那……那……」說著牙齒直打架，恐懼得說不出話來。

周宣順著他指的方向瞧過去，只見潛艇左側方十五六米遠的地方，一條黑色如箭、有著四五米長的怪異東西，急速地往潛艇方向「射」過來，真的有如離弦之箭一般。

周宣在剛才防護潛艇時，已經消耗了太多的異能，又不能及時練習恢復，或者用九星珠補充能量，要再防護潛艇已是不可能。

眼看著那東西快速之極地撞向潛艇，似乎是不毀掉這艘潛艇便不會甘休的意思，周宣當即往旁邊的海水中奮力一躍，跳進海裏。

毛峰驚呼著，也跟著周宣往海水中跳下去，現在，他只能緊跟著周宣。

在跳下海的那一剎那，那如箭一般射到的怪物就與潛艇撞在了一起，這一下沒有了周宣的異能相護，「轟」的一聲響，潛艇頓時便碎成了數十片，散落沉下海去。

毛峰和周宣趕緊浮出海面，探頭往潛艇那邊瞧過去，只見撞擊過的地方，一條海水線遠遠地掠了出去，有數十米遠，接著，那東西從海水中一躍而出，在半空中一個翻身，再落進水中，接著，又準確地向周宣與毛峰落水的方向再度衝過來。

在這怪物躍出水面的那一剎那，周宣和毛峰都看清楚了，這極具殺傷力的怪異生物，竟然是一條四五米長的大箭魚，尖利的嘴部就有一米五長，把潛艇毀了的東西，就是牠又長又硬的嘴。

周宣訝然不已，這一條箭魚再怪異，也不可能損毀得了鋼鐵鑄成的潛艇，更不可能抵抗得了他的異能啊？在這條箭魚的身上，定然有些未知的古怪之處。

不過，現在已由不得他細想，那條箭魚又如箭一般，向著他們飛速地射過來。

毛峰是親眼見到這條箭魚的威猛之處，尖嘴把潛艇上的機械手臂撞擊得粉碎，又把子彈也射不穿的潛艇鋼壁插穿了一個洞，而牠自己竟然沒半點損傷，現在又把潛艇徹底撞得粉碎，他跟周宣兩個人又如何能擋得了？

「糟了糟了，牠……牠……牠過來了。」毛峰嚇得哇哇大叫。

這時就是想逃跑也沒辦法，因爲在海水中游也游不快，就算游得快，也遠比不上那條兇神惡煞要人命的箭魚啊。

周宣也沒有別的辦法，剛剛跳水逃命的時候，那箭魚撞碎了的潛艇有一塊碎片飛過來，周宣抓在了手中，是一塊比巴掌大些，像小碗一般大的鋼板，周宣用太陽烈焰異能把鋼板燒得通紅，將鋼板異化成超高溫的防護罩擋在身前。

毛峰在周宣身後，看不到周宣手中鋼板的變化，要是看到，一定會吃驚得不得了，因爲在鋼板附近的海水，也都像鍋裏的滾水一般開沸起來。

毛峰只是在奇怪，那箭魚也太不可思議了，怎麼可能會把潛艇撞裂成一塊一塊的碎片？這個樣子只有魚雷等炸彈才有可能。

狂猛的箭魚在高速衝撞過來，與周宣手中的那塊火熱鋼板猛烈撞在一起的那一刹那，海水中發出了驚天動地的一聲炸裂響聲。

周宣在這一刻，腦子裏已經沒有再多想的餘地，只能將剩餘的異能全力運起來，凝化成一面盾牌擋在身前。

爆炸的狂猛力量把周宣和毛峰連同數以噸計的海水，一下子掀上了半天。

「嘩啦」一聲，湊巧混合著海水掉在了貨輪的甲板上，只是他跟毛峰兩人摔落在甲板上

時，大量的海水卻把甲板上的一些東西連同那兩個留在船上的潛艇副手沖到了海中。

這兩個人也算倒楣，因爲身體被周宣用冰氣異能凍結得不能動彈，海水傾下來沒有任何的反抗之力，只能眼看著自己被海水沖進海中，跟著海水嗆進嘴裏，沉入海中。

周宣和毛峰都跌得昏天黑地，別說沒有伸手相救的能力，就算有，也不一定會出手相救。而那條凶煞的箭魚也在爆炸中，震飛到貨輪的駕駛艙部分，把堅厚的玻璃面都撞得粉碎，插進駕駛艙裏，將儀器砸得粉碎。

不過，箭魚也在爆炸中給炸裂得肚破腸流，在駕駛艙裏撞壞的儀器設備上，將身體劃拉得更爛。

周宣的腦袋重重撞在船艙上的鐵板上，撞破了一道大口子，鮮血直流，腦子裏也是暈暈乎乎的，半晌爬不起來。

毛峰摔得也夠嗆，不過他幸運的是落在船上時沒有撞到哪裡，只是隨著海水摔落在船板上，身體摔得七葷八素的，歇息一陣後，便掙扎著爬了起來。

瞧了瞧迷糊著的周宣，見他滿頭滿臉都是血，心裏一喜，趕緊爬起來跌跌撞撞地往駕駛艙逃去，雖然他有想把周宣整死的念頭，不過，因爲心中對周宣的忌憚和害怕之心太甚，最終還是不敢對他動手。

毛峰跌跌撞撞逃到駕駛艙後，一見那場景，不由得目瞪口呆。駕駛艙裏的儀器損壞殆盡，不可恢復，貨輪的駕駛系統全部損壞，已經不可能正常啓動了，要怎麼辦？

毛峰又瞧見碎屍在破碎儀器中的箭魚，呆了呆後才省悟起來，這個將他們從深海中一直追殺到海面上的怪物，竟然也死在了船上。

驚訝歸驚訝，瞧那箭魚全身雖然損毀得嚴重之極，按照人體如此的損傷程度來說，那就是死得透了，不過，那箭魚卻是微微動彈了一下，接著，那破損裂開的肚腹中，有一道淡白色的光亮閃起。

毛峰驚訝地發現，光亮閃起的時候，箭魚身上的傷口竟然用肉眼都可見的速度在癒合著。

箭魚一雙充斥著死氣又異常兇悍的眼睛正在狠狠地盯著他。毛峰嚇了一跳，箭魚腹中的白光越來越盛，長長的尖嘴也一上一下活動了起來。

這怪箭魚是那般的兇狠，要是再活過來，那還不得將他治死？毛峰又驚又慌，但眼下那箭魚的傷勢雖然在恢復著，但身體卻好像還不能動彈，一切原因似乎都來自於牠腹中的那道白光，難道牠腹中有什麼古怪？

毛峰呆了呆，忽然恍然大悟。

火隕刀！

一有了這個念頭，毛峰毫不猶豫竄上前，伸手往箭魚肚子裏掏去，「嘩啦」一聲，用力地把在箭魚腹中發著白光的東西掏了出來。一塊長約一尺的細長形物體，外層被魚腸包裹著，此刻正閃著詭異的白色光芒。

毛峰把這東西一抓出來，那箭魚頓時尖嘴一耷拉，不再動彈，死魚眼中的惡狠神色也消失了。毛峰更加肯定，這箭魚的兇猛和超強之處就是因爲牠腹中的那把刀，也就是現在自己雙手正顫抖捧著的東西。

瞪著眼，喘著氣，等鎮定了些許後，毛峰才把那件東西輕輕放到地板上，顫抖著手，輕輕撕開那團東西的表層。

這時，閃爍的白光漸漸消失，表層撕開後，露在眼前的，是一柄怪異的小刀。

「火隕，真的是火隕！」毛峰忍不住歡呼起來，這小刀跟他圖紙上的那柄怪刀一模一樣。當真是有心栽花花不發，無心插柳柳成蔭。

無論花多大的代價，以什麼方式，也找不到這祖先口中傳下來的神秘火隕，而這次，竟然有幸在周宣這個奇人的逼迫下找到了沉船！

雖然在那個深度，那樣的區域和地形中沒有辦法打撈到，正自失望時，卻沒想到又竄出這條海底怪物來，更沒想到的是，這條兇猛的箭魚肚子中，竟然藏了這柄「火隕」！當真是陰錯陽差再加上運氣。

毛峰的心思又無比膨脹和激動起來，這條箭魚的兇猛之處，他可是親眼見到了的，輕易就損壞了一艘潛艇，那種力量之猛烈和強大，在他腦子裏絕難泯滅。

這還是因為這條箭魚是沒有思想的動物，不能真正理解和運用火隕的力量，如果是人擁有了火隕呢？

毛峰激動得全身都哆嗦起來，想想周宣那種神秘的身手，在不動聲色中，便將他一船上下數十人神不知鬼不覺就治服或是幹掉了，這種能力，他是何其地嚮往啊。

可是現在，他也擁有了同樣的能力，或許會更加厲害，等到他研究捉摸透火隕的能力過後，這個天下便能任由他縱橫了。

毛峰又想到周宣，禁不住打了個寒戰，他得趕緊離開這個地方，離開周宣的視線。現在自己還不知道火隕的能力和使用方法，以他的能力，要是被周宣知道後，肯定會落入他的手中，自己的結局不用想也知道，會跟他的那些手下一樣，被整死了扔到大海裏，死無葬身之地。

毛峰的身上還藏有一支衛星電話，只要離開這個地方後，他就打電話求救，讓家族中的人想辦法來救他，現在只要趕緊逃離周宣的身邊就好。

毛峰趕緊慌亂地在駕駛艙裏的死人身上脫下一件外套，用來包裹住火隕，然後再找了條

繩子緊緊繫在腰間，這才溜到船尾的方向，看了看固定著的逃生橡皮艇，還好端端地在那兒，當即把橡皮艇放下海去，接著，自己也從繩梯上滑下去，乘上橡皮艇趕緊往遠處划去。

第七十四章

失去記憶

魏曉雨可以肯定，周宣是真正的失去了記憶，
擔心過後，卻是莫名的欣喜若狂。
如果周宣不知道以前的事情，那就是說，
他雖然不記得她是誰了，但同樣也不會記得傅盈是誰，
那周宣的歷史就可以由她來編造了。

周宣一點也不知道毛峰的這些動作，昏昏暗暗地在船舷邊躺了好久才坐起身來，瞧了瞧四周，茫然不知所措，不知道是怎麼回事。

他腦子裏什麼也想不起來，自己是誰都不知道，只是下意識地運了運異能，還有兩成在身上。

周宣這時除了對自己身上的異能還能得心應手的運用和想起外，其他的事一點也記不起來，也搞不懂自己是怎麼會在大海中的這條船上的。

他摸了摸腦袋，後腦上全是鮮血，很痛，顯然是受到了重創，自己想不起自己是誰，想必就是因爲腦袋撞傷了的原因。

他趕緊站起身在船上尋找和檢查，半個小時後，周宣便得到了一個事實，這艘船上就只有他一個活人，其他人都死了，而且船也失去了動力，也沒有任何儀器或者通訊器可以使用；也就是說，這條船，除了船身是好的，動力和通訊設施都已經完全遭到破壞，只能在海上自由漂流了。

自己到底是什麼人？水手？漁民？

船在海面上漂流，看樣子又是在深海中，難道自己是一個走私者？或者是一名毒犯？

周宣無法形容地惱怒起來，抓了抓頭髮，但頭上的疼痛又告訴他，得趕緊包紮一下傷口。

他在艙房裏找到了一個藥箱，把裏面的繃帶拿出來，然後用酒精給後腦消了消毒，疼痛的感覺讓周宣清醒得多了，用繃帶把傷口包紮好後，周宣才坐下來思考著。

只是無論怎麼想，他都想不起自己是誰，完全沒有半點印象，他用異能慢慢恢復著傷勢。

奇怪的是，自己知道身上擁有異能，並能熟練的使用冰氣異能和太陽烈焰能力，卻不知道這能力是怎麼來的，自己是什麼人，怎麼會來到這海上的。

看來是腦子受了極重的傷，傷到自己都沒有辦法知道自己是誰了。

其實周宣並不知道，他與箭魚那一下對碰的猛烈程度，便如是一枚小型核彈爆炸的威力，如果不是他異能超強，在那一下便魂飛魄散了。

而毛峰卻是走了狗屎運，所有的爆炸力都被周宣擋了個乾淨，所以他才能倖免，否則早就死得連渣都不會剩下一丁半點。

異能與箭魚身體裏的強橫能量碰撞，發生了大爆炸，結果卻是兩敗俱傷，周宣最終受到了重創，腦袋重重撞在鋼板上，損壞了腦中的記憶細胞，以至於無法想起自己是誰了。

要不是箭魚身體裏怪異的火隕能量，說實話，周宣就算受再重的傷，也損壞不到他，只要人沒死，他就能恢復。可是現在，雖然身體能恢復，但腦子的記憶神經卻在與火隕的能量碰撞中受損了，這是他的異能也無法恢復的。

船上有淨水和食物，周宣雖然想不起來自己是誰，但生存的本能卻是沒有丟失，餓了知道吃，睏了知道睡。

在海上漂流了三天兩夜，身上的外傷基本上都好透了，但自己的記憶卻仍沒有半點好轉。周宣無聊地坐在船板上眺望遠方，希望能看到陸地，能看到一艘船經過也好，至少他能夠獲救吧。

不過，這個希望在每天的太陽升起之時跟著升起，然後在太陽落下的時候也落下了，只有日復一日的漂流。

又過了七個日出日落，周宣幾乎絕望了。船上雖然有吃有喝的，但不能開動，像這樣漂流著，要是遇到海上的風暴，那就一切都完了。

周宣運氣算好，沒有遇到風暴，主要是現在是枯水季，陸地上的河流水量少，天氣的變化也小，要是在夏季，氣候差不多是一天數變，哪裡會像現在，一連十天都沒有變化。

在第十一天的中午，太陽當頂，火辣辣的陽光照射下，周宣在甲板上眺望的時候，忽然見到茫茫大海的遠處有一個黑點。

周宣大喜，他的目力可是要比普通人強得多，仔細看了一下，那個黑點是一艘軍艦，艦上面的炮臺桅杆都和一般的船遠爲不同，雖然隔得很遠，但他還是看得出來。

周宣趕緊在船舷邊揮動著手，大聲叫了起來，不過聲音在無邊無際的大海中沒有一點效用，想了想，趕緊在船艙裏找了幾條毯子出來，然後在甲板上，用太陽烈焰把毯子點燃了，黑煙冒上天空，這樣就明顯了許多。

那艘軍艦果然往這邊駛了過來，而且速度很快，兩者的距離至少隔了幾海里，差不多幾分鐘後，才看得更加明顯起來。

軍艦上飄動著一面紅色的國旗，周宣心裏一熱，雖然記不起自己是誰，但這面國旗卻很眼熟，見到時心裏便有一種莫名的親切感，知道是自己國家的同胞。

周宣有些抑制不住激動起來，在見到軍艦越來越清晰的時候想著，或許自己回到了自己的居住地，找到自己的親人後，就能知道自己是誰了。

過了幾分鐘，那艘軍艦離貨輪的距離只有數百米了，周宣站在船舷邊用手攏著嘴叫喚。對面的軍艦在開到只有一百米左右的時候停了下來，周宣見到軍艦甲板上，有十來個穿軍裝持槍的軍人，其中有一個女孩子，異常的漂亮。

不知道爲什麼，周宣在見到這個漂亮女孩子時，突然有一種想流淚的親切感。而那個女孩子也拼命揮著手向他叫著，周宣仔細聽了一下，她叫的是一個人的名字，應該是「周宣」這兩個字吧。

難道我的名字叫周宣？

這女孩子又是我什麼人？

軍艦停下來後，放下一條橡皮艇，那個女孩子和兩名持槍軍人從軍艦下到橡皮艇上，然後划著船到周宣的貨輪邊上。

周宣雖然很想獲救，但目前還不知道對方是什麼人，自己又是什麼人，所以謹慎地在船上等候著。

橡皮艇划到貨輪繩梯邊後，那兩名軍人和女孩子沿著繩梯爬了上來，一上船，兩名軍人就端著槍，機警地在船上搜尋著。

而那名漂亮之極的女孩子含著淚眼緊盯著周宣，嘴唇顫抖著，仔細地盯著周宣看了一陣，然後才飛撲到他懷中，哽咽著叫道：

「周宣，你好壞……」

周宣心裏一顫：這個女孩子還真認識他？

「你……認識我？」

周宣猶豫地問了一聲，心裏也有些激動，如果這個女孩子認識他，那多半就知道他的一切底細了。

在這一刻，周宣無比急切地希望知道自己的來歷，想知道自己是什麼人。

那漂亮的女孩子一怔，隨即說道：

「我當然認識你啊，我……怎麼會不認識你？」

周宣喘了幾口氣，好不容易才鎮定下來，然後問道：

「那……那你知道我是誰？住哪兒，叫什麼名字，家裏還有什麼人，還有……」

說到這兒，又盯著漂亮女孩子問道：

「還有……你是誰？你是我的什麼人？」

那漂亮女孩子吃了一驚，睜大了一雙漂亮的眼睛，盯著周宣看了半天，好久才猶豫著問道：「你……你不知道自己是誰了？你……連我都不認得了？」

周宣皺著眉頭，然後又摸著後腦說道：

「我什麼都不記得了，我的頭在船上撞傷了，以前的事我全都不記得了，你說……我是誰？」

那漂亮女孩子張圓了嘴合不攏來，無論如何也沒有想到，找到的周宣會變成這個樣了。

接著，那兩名持槍的士兵回來對她報告：

「報告首長，在船上沒有發現一個活人，全都是死屍，而且，船上的所有儀器設備都已經被損壞，駕駛艙毀損嚴重，不過船身沒有遭到破壞。」

那漂亮女孩子點點頭，另外一名士兵又向她彙報了另一個猜測，這條船來路極其神秘，從船上找到的線索和資料來看，沒有任何明顯的標記說明這船的所屬來歷，那些死者身上也找不到任何的身分資料。

漂亮女孩子沉吟了一下，然後擺擺手道：

「好，你們兩個先下去到橡皮艇上等候，我們等一下再下來。」

等到兩名士兵下去後，那漂亮女孩子才將嘴湊到周宣耳邊，輕輕說道：

「周宣，我們需要把這艘船的痕跡毀掉，這樣可以把你的麻煩處理掉，我們不知道你之前發生了什麼事，而你自己也不記得了，所以只能毀掉這艘船。」

「毀掉這船？」周宣一怔，然後問道，「這船都已經不能開動了，根本就是條廢船，還要怎麼毀？」

女孩子又低聲說道：「用你的異能把船底轉化吞噬，弄一個大洞出來，讓它沉沒到海中就行了。」

周宣呆了呆，這個漂亮女孩子連他最隱秘的異能都知道，顯然是真正知道他的來歷底細的，怔了一下，然後點點頭問道：

「要現在就弄沉它嗎？」

漂亮女孩子搖搖頭，指著船外下面的位置，說道：

「我們下去吧，到了橡皮艇上再動手。」

周宣不再問她，女孩子在前邊，他在後面，兩人一前一後地從繩梯攀下到橡皮艇上，到了艇上後，兩名士兵當即划槳往軍艦那邊過去。

那漂亮女孩子隨即向周宣點點頭示意，周宣當即暗中運起異能，把貨輪底部轉化吞噬出一個臉盆大的洞孔來，海水立即從底部湧到貨輪裏，但從外面卻看不出來有什麼不同。

划到軍艦邊，兩名士兵等漂亮女孩子和周宣先爬上去後，這才把橡皮艇邊上的圓環掛到軍艦上拴橡皮艇的固定鉤子上，再把橡皮艇裏的氣放掉，然後才爬上船。

軍艦上的士兵在見到周宣和那個漂亮女孩子後，都恭敬行著軍禮，漂亮女孩子微微點頭，然後拉著周宣到艦艙裏面，到了一個房間裏，再把艙門緊緊關上，這才不顧一切抱著周宣嚶嚶哭泣起來。

周宣有些不知所措，見到這個漂亮女孩子一直都很堅毅鎮定，像個極有個性的女孩子，怎麼轉眼就變成了個柔弱得楚楚可憐的小女子模樣？

此刻，在軍艦甲板上的那些軍人忽然發現，剛剛周宣乘坐的那艘貨輪忽然傾斜了，有一邊甚至還偏進海水中，看樣子，不用一個小時就會完全沉進海裏，怎麼剛剛看起來還是好好的，轉眼這條船就快要沉沒了？

艦艙裏，周宣輕輕用手撫摸著撲在懷中痛哭的女孩子，心痛地安慰著她。不知道自己為

什麼會對她有那麼強烈的好感，爲什麼會完全信任她。

漂亮女孩子哭了好一陣，然後才忽然抬起頭來，一張臉梨花帶雨一般。周宣不由自主地伸手替她揩掉臉上的淚水，嘆了口氣，問道：

「我……究竟是誰？你……又是誰？」

漂亮女孩子臉上略略露出了一絲笑容，說道：

「你的名字叫周宣，我的名字叫魏曉雨。」

「周宣？……魏……曉雨？」

周宣在嘴裏念了念這兩個名字，眉頭緊皺，無論怎麼想，腦子裏也搜索不到這兩個名字的記憶，再拼命想的時候，忽然覺得腦袋疼痛難忍，捂著頭呻吟了一聲。

魏曉雨趕緊扶住了他，柔聲道：「不要再想了，你傷還沒有完全好，想不起來不要緊，以後有的是時間。」

周宣在魏曉雨的扶持下坐到椅子上，魏曉雨又給他倒了一杯水，周宣輕輕喝了一口，然後瞧著面前的魏曉雨。魏曉雨這時一臉的燦爛，一張臉蛋容光煥發，顯得無比的美麗。

周宣沉吟了一下，然後猶豫地問道：

「魏……小姐，我們是……是……什麼關係？」

魏曉雨嫣然一笑，一雙俏眼緊盯著周宣，笑吟吟地問道：

「你真不記得了？我……我是你的妻子啊。」

「妻子？」周宣莫名其妙顫了一下，「我有妻子了嗎？」

魏曉雨表情頓時默然下來，沉默了好一陣，神情很是低落。

周宣趕緊搖著手道：「我……我不是那個意思，我不是不想負責，我只是很惱火自己什麼都想不起來了。」

魏曉雨輕輕嗯了一聲，隨即將臉附到周宣的胸膛上，一雙手悄無聲息地將周宣的腰摟了起來。

周宣低頭看著魏曉雨，眼睛緊閉著，長長的睫毛上還掛著幾滴淚水，臉色蒼白卻又顯得十分幸福，這個表情，周宣由心底裏能感覺到，魏曉雨對他的柔情絕對是百分百的真實。

也許這就是自己的家庭吧，也許她就是自己最親的那個人吧，不管怎麼樣，她是第一個說認識自己的人，而且，她也是自己的救命者。

魏曉雨溫柔地靠在周宣的胸口，良久才抬起頭來，然後從衣袋中取出一支精巧的紅色小手機來，把手機遞給周宣，說道：

「你看看這個。」

周宣接過手機，手機螢幕上是一幅很清晰的照片，手機畫素應該超過了八百萬，所以照片才會看起來那麼清晰細膩。

照片上是一男一女，女子正將臉貼在男子的頸邊，一雙手摟著他的腰，狀似親暱，周宣看得十分清楚，女孩子就是魏曉雨，而那個男的，就是他自己。

這一下，周宣徹底相信了魏曉雨的話，相信她就是自己的妻子，自己是她的丈夫，否則以她這麼漂亮一個女孩子，又怎麼會倒貼上自己？

其實魏曉雨在海上遇到周宣，並不是偶然的。城裏方面，魏李兩家人和周宣自己家以及傅盈家都在全力搜索尋找周宣，不過周宣消失得很徹底，又不能像抓通緝犯一樣發出通緝令，一個多星期以來，始終沒有找到周宣的半點蹤跡。

還是魏曉雨先發現了線索，那就是她聽周宣的弟弟周濤說，周宣的珠寶公司總經理許俊誠剛剛收購了一大批海水大珍珠。魏曉雨感到奇怪的，不是他們收購了大珍珠，而是這批大珍珠是剛剛從東方的一個漁村收購到的。

按照現在的行情，海水大珍珠就算是要得到一顆都不容易，而小漁村的一條船竟然一次就打撈到了一百多顆，這種幸運的事就像中獎一樣，實際上比中樂透獎還難得多，因為這一百多粒大珍珠的價錢已經超過了一億。

周濤說者無意，魏曉雨卻是聽者有心。於是，魏曉雨對誰都沒有說，當天就乘飛機到了東海海濱市，又到了福壽村，找到許俊誠買珍珠的商人，進而又找到了玉家。

當魏曉雨把手機裏的照片給他們看的時候，玉家的人一眼便認出了周宣來，魏曉雨大喜不已，然後又問清周宣已經隨同玉金山的船出海了，就在福壽村的酒店裏開了房間等候。

不過兩天後，魏曉雨等到的，卻是玉金山率隊開著漁船逃命回來的消息。

魏曉雨向玉金山瞭解到全部情況後，心急如焚，當即透過她父親魏海峰的關係，聯繫了一艘東海的海軍軍艦出海尋找周宣。

因為玉金山說的海域也只是個大概位置，魏曉雨乘坐的軍艦在那帶海域尋找了近十天，最後終於發現了周宣的貨輪，只是無論如何也沒想到，周宣竟然受傷失憶，完全不知道受傷以前的事了。

除了他身上的異能，魏曉雨檢測後可以肯定，周宣是真正的失去了記憶，擔心過後，卻又是莫名的欣喜若狂。

如果周宣不知道以前的事情，沒有了記憶，那就是說，他雖然不記得她是誰了，但同樣也不會記得傅盈是誰，如果是這樣，那周宣的歷史就可以由她來編造了。

魏曉雨知道這樣做很不道德，但她的心被欲念點燃後，就一發不可收拾，說到後頭，似乎連她自己都相信是那麼回事了。當然，最主要的還是源於她對周宣真誠深厚的愛意，她甚至願意為周宣付出一切，包括她的生命。

周宣會相信魏曉雨所說的話，也是因爲他感覺到魏曉雨對他的真情實意。

沉默了許久，周宣才又問道：

「曉雨，你知道我爲什麼會在那艘船上嗎？」

魏曉雨點點頭，然後說道：

「我知道，因爲你的異能。我們有一個仇家，你爲了不讓家人受到傷害，所以一個人悄悄離家出走，消失得無影無蹤。我在十一天前知道了你在東海的消息後，就一個人悄悄趕過來，打聽到你用了『胡雲』的假名，在東海一個小漁村的漁船上打工。

我到漁村的時候，你已經跟隨漁船出海打魚了。我等了兩天，你們那艘漁船是回來了，不過船上沒有你。我問船長，他和船員都說自己被一艘貨輪劫持了，而你被押到貨輪上，他們趁機逃了回來。」

魏曉雨說到這裏，哼了哼又道：「我聽他們說的經過，就知道你是用異能解了圍，救了他們的命，但他們卻是拋下你不顧，獨自逃生了，要不是我急著來找你，我就會給他們苦頭吃的。」

周宣默然，雖然自己沒有印象，但如果真如魏曉雨所說的話，那這些人確實有些過分。

魏曉雨又道：「之後，我趕緊透過關係，聯繫了一艘海軍軍艦，然後出海找你，一直搜尋了十天才發現你。」

原來是這麼回事。周宣嘆息了一聲，不過心裏的結並沒有完全打開，沉默了一會兒又問道：「曉雨，我……我的對手很厲害嗎？」

魏曉雨咬著牙，猶豫了好一陣才回答道：

「這不是你的異能能解決得了的事情，我家的關係也很硬，但這件事也壓不下來，所以……」

周宣又是一聲悵然嘆息，魏曉雨的意思他明白，自己惹到的人，定然是某位超級有影響力的大人物。

魏曉雨又緊緊握著周宣的手，沉沉地道：

「周宣，你別怕，我會處理好這件事的，我們……悄悄地到國外躲起來，只要能好好的過日子，在哪裡不是一樣呢？」

周宣怔了怔，好一會兒才明白魏曉雨的意思，「你……你是說，讓我逃到國外去？」

魏曉雨點點頭，然後低聲道：「我再也不跟你分開了，不是你一個人，是我們一起到國外去。」

魏曉雨明白，就算自己把周宣騙到手了，但只要一回到京城，她的謊言便會不攻自破了，要想遮住這個謊言，又能如願地跟周宣在一起，就只能逃得遠遠的，讓所有人都找不到。

魏曉雨咬了咬牙，然後坐直了身子，對周宣道：

「你等一下，我打一個電話。」

在這個海域裏，手機沒有信號，於是她當即敲了敲門，讓外面的士兵送一個衛星電話進來。士兵拿了衛星電話送進來後，又將房門帶上退了出去。

魏曉雨也不避開周宣，當著他的面撥通了小叔魏海洪的電話。

電話一通，魏海洪的聲音傳了出來：

「喂，哪位？」

「小叔，是我，曉雨。」魏曉雨知道周宣是聽得到電話裏魏海洪的聲音的，所以也不掩飾的說，「我找到周宣了。」

「什麼？你找到周宣了？在……在哪裡？」

魏海洪聲音一下子高了起來，喜不自禁地道：

魏曉雨瞄了瞄周宣，然後又回答道：

「小叔，我需要你幫忙，周宣在漁船上受了傷，現在傷是好了，但完全不記得以前的事了，家裏……又是那種情況，所以……我們想到國外去生活一陣子。小叔，你幫我辦兩份證件吧，行嗎？」

魏海洪一時還有些沒轉過彎來，好半天才明白魏曉雨的話意，周宣失憶了?!曉雨的意思是要趁機跟周宣一起生活？

魏海洪終於聽懂了魏曉雨的意思。沉吟了好一陣，在腦子裏急轉著念頭。

家裏一直希望周宣能跟曉晴結婚，但沒想到後來連姐姐曉雨也喜歡上了周宣，當真是孽緣啊，又因爲周宣在之前便認識了傅盈，情定三生，魏家與周宣的聯姻想法也只是水中花，鏡中月。

就連魏海洪自己都對周宣有著比親兄弟還要親的那種感情，如果能把他變成自己的親侄女婿，那是最好不過的結果，但以前，不僅連他沒有辦法，就連他的父親魏老爺子都毫無辦法，所以一直以來，一家人也只能嘆氣惋惜。

但是現在聽到魏曉雨說周宣失去了所有記憶，讓魏海洪大吃一驚，不過馬上想到魏曉雨的念頭是可行的，只要她跟周宣的婚姻成了事實，有了孩子，就算周宣明白了真相，那又能怎樣？

魏海洪明白，周宣是一個重情重義的善良人，如果真與曉雨有了夫妻之實，又有了孩子，就算知道了真相，也不會棄曉雨不管不顧的，而且曉雨也不是要害他，而是真心實意愛他罷了，就算最後真相暴露了，也不是世界末日。

就在魏海洪心如電轉的時候，魏曉雨又急急地道：

「小叔，你趕緊幫我們把證件辦好吧，我出國的事，你再跟爺爺和我爸媽說一下，把我

在部隊的工作用生病的理由辭掉，為了不讓我們……我們的對手知道，小叔，你要幫我們保密。」

魏海洪在電話中聽著魏曉雨急促的呼吸聲，定了定神。他可不是一般人，腦子裏如電一般轉過念頭，隨即便決定了，沉聲道：

「曉雨，你耐心等著，照顧好周宣，這邊的事，我來給你辦，我先跟你爺爺說一聲。」

魏曉雨聽到小叔沒有反對，心裏便鬆了一口氣，掛了電話後就只能等待了。

周宣不禁抱歉地說道：「曉雨，對不起，是我連累了你，還要讓你家人跟著受累。」

魏曉雨用手輕輕按住了周宣的嘴唇，柔聲道：

「別說了，只要能跟你在一起，我什麼都願意。」

周宣嘆了一聲，瞧著魏曉雨嬌美絕倫的臉蛋，心想：當真是最難消受美人恩啊，她為自己付出這麼多，要怎麼才能報答得了她？

周宣忍不住雙手一緊，緊緊地摟住了魏曉雨，嘴裏說道：

「曉雨，我會一輩子對你好的。」

魏曉雨頓時眼淚一湧而出，嚶嚶地又哭泣起來，這是她做夢也想聽到的一句話啊，以為此生無望，但現在卻是清清楚楚地聽到了，心情激動之下，又有些不相信自己的耳朵。

她一邊流淚一邊又仰頭問道：

「周宣，你說的是真的嗎？你再說一遍。」

周宣一手摟著她柔軟的腰肢，一面又用手輕輕拭去了魏曉雨臉上的淚水，一個字　個字地道：「曉雨，我會一輩子對你好的。」

魏曉雨聽到周宣真情的表白，一時間更是哭得天昏地暗，只是死命地摟著他不再鬆手。

第七十五章

新婚之夜

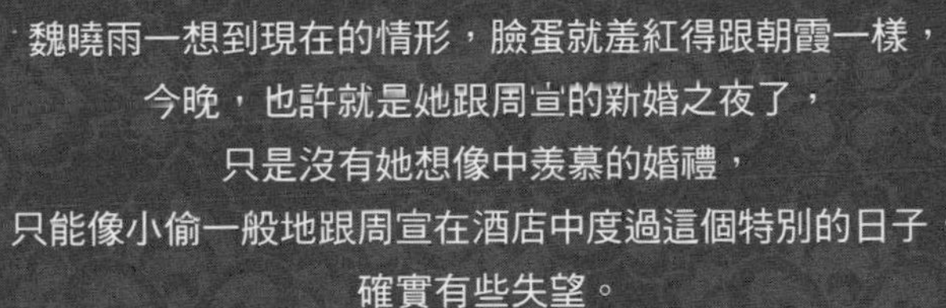

魏曉雨一想到現在的情形，臉蛋就羞紅得跟朝霞一樣，
今晚，也許就是她跟周宣的新婚之夜了，
只是沒有她想像中羡慕的婚禮，
只能像小偷一般地跟周宣在酒店中度過這個特別的日子，
確實有些失望。

城裏魏海洪別墅。

魏海洪把老爺子請到二樓的單獨房間裏，把門緊緊關上後，讓老爺子坐在沙發上，這才坐到老爺子對面，猶豫了一下才說道：

「爸，我要跟您老人家說個事。」

老爺子定定地瞧著他，沉聲道：「說。」

「爸，曉雨在東海找到了周宣。」

老爺子一怔，隨即神色一緊，趕緊問道：

「他怎麼樣？願意回來嗎？」

魏海洪想了想，又說道：

「爸，事情跟你我的想像有很大差距，周宣在海上肯定是出了什麼事，頭部受了傷，已經完全不記得以前的任何事情。曉雨已經確認過了，周宣除了還擁有異能外，其他的任何事都不記得了。」

老爺子詫然道：「會有這樣的事？那曉雨帶周宣回城裏了嗎？」

「問題就出在這裏。」魏海洪嘆了一聲，然後才低低地道，「爸，曉雨剛剛跟我通了電話，她求我給她和周宣辦兩份證件，然後悄悄躲到國外生活。」

老爺子愣了愣，當即明白了孫女曉雨的念頭，臉色頓時沉重了起來，站起身在房間中踱起步來。

魏海洪不敢打擾老爺子的思緒，只是靜靜等候著。在這個家裏，老爺子雖然年歲已高，但依然是無可爭議的一號人物，是魏家的家長。

老爺子踱了幾個圈子，然後眼神一凝，回身到沙發上坐下來，斷然道：「老三，你馬上安排關係，秘密幫曉雨和周宣做證件，再送他們出國，我讓曉雨爸給她辦理部隊病退。」

魏海洪唯唯諾諾一聲，老爺子最終也贊同了這個做法，這並不出他的意料。

老爺子隨後又囑咐道：「老三，讓你大哥注意一些，一切都要絕對保密，理由他自己想，連曉晴都不要告訴她，只有我們父子四個人知道就行了，知道嗎？」

老爺子說的父子四個人，當然也包括了魏海洪的二哥魏海河，魏海河身居重位，算是魏家最重要的人物之一，自然不能瞞著他。

魏海洪自然明白這件事不能告訴魏曉晴。曉晴也同樣愛著周宣，要是知道姐姐跟周宣私奔了，心裏受到刺激，反而有可能出事，所以還是瞞著她比較好。

老爺子把一雙拳頭捏得緊緊的，哼了哼，然後嘿嘿一笑，嘴裏念道：「不愧是我魏家的子孫，該出手時就出手，毫不心軟，這才是我魏家人的作風。」

說實話，老爺子是對周宣太過喜愛，僅是以朋友相交的身分仍覺得不夠，在知道孫女曉

晴喜歡周宣的時候，倒是一心想促成這門婚事。

不過，老爺子完全沒想到會有這樣的奇事出現，因此，對於孫女曉雨的做法不僅沒有反對和斥責的念頭，反而極為支持。要是孫女與周宣成了夫妻，那以後，周宣無論如何也會把魏家當成他最親的家人。

就算周宣以後恢復了記憶，按周宣那種善良直爽的性格，也絕不會對不起曉雨的，日後曉雨要是能生下一男半女的，那就更加完美了。

軍艦的速度自然是遠超過漁船的，當天晚上七點左右，便到了海濱市沿岸的一個港口。魏曉雨拉著周宣，別過了軍艦上的軍官士兵，然後上了岸。

為了不讓周宣在東海和玉家留下更多的線索，魏曉雨索性不讓周宣再到福壽村去，而是到了海濱市，找了一間五星級的大酒店住下來。

魏曉雨羞答答地在櫃臺只開了一間單人房，在電梯中，一直紅著臉低著頭，不敢看周宣。

在豪華套房裏，魏曉雨雖然有些害羞，但還是大方表現出來，催促著周宣到浴室先洗澡。周宣在海上漂流了十來天，早就感到不自在了。

等到周宣去洗澡後，魏曉雨又用電話跟小叔魏海洪通了個電話。

這一次，她倒不是有意要瞞過周宣，事實上，她也知道周宣有異能，瞞不過他，打電話只是想問一下小叔和爺爺的意思。

魏曉雨知道，在魏家這個大家庭中，她爺爺才是最有決定權的一個人，這件事要是爺爺反對的話，事情就會難辦許多，小叔也會十分為難。

但從魏海洪口中聽到爺爺竟然支持她時，魏曉雨禁不住又哭了起來，喃喃道：「小叔，我對不起你們，對不起爺爺，對不起父母，也……對不起妹妹曉晴。」

「別想那麼多了，」魏海洪安慰著她，「出國後，好好跟周宣過日子吧，唉，忽然之間又從兄弟變成小叔了，還真有些不習慣。」

魏曉雨「撲哧」一聲笑了出來，小叔的話讓她確實好笑，不過笑過後，眼淚又流了出來，忽然間就要遠走他鄉，與自小便生活在一起的親人分離，那份心情確實也不好受，不過，這一切都抵不上她對周宣的愛意，為了周宣，她什麼都願意做。

周宣洗完了澡，裹著浴巾出來後，魏曉雨臉蛋紅撲撲的，有些慌亂，急急地站起身道：「我……我去洗澡了。」說完，就低著頭三步併作兩步地跑進了浴室中。

周宣也有些拘禁，在他的印象中，一點兒也找不出一絲跟女孩子同處一室的記憶，但這間房是單人房，房間裏只有一張床。床倒是很大。

周宣上了床後，才發現身上沒穿內褲，浴巾一拿掉，裏面便是光光的，而他洗澡前穿的

衣褲都扔在了浴室裡，這時魏曉雨正在裏面洗澡，想要進去拿也沒辦法了。

雖然魏曉雨說他們是夫妻，但卻一點印象也沒有，就算真是夫妻，現在也跟陌生人一樣，說不尷尬那是假的。

房間裏也沒有行李和換洗的衣服，周宣只得鑽進了被子裏，蓋住裸著的身體。

魏曉雨在浴缸中浸泡著，一想到現在的情形，臉蛋就羞紅得跟朝霞一樣，今晚，也許就是她跟周宣的新婚之夜了，只是沒有她想像中羡慕的婚禮，只能偷偷摸摸的，像小偷一般地跟周宣在酒店中度過這個特別的日子，確實有些失望。要想跟周宣光明正大的舉行婚禮，這一生恐怕都是難以辦到的了。

磨磨蹭蹭地在浴缸中泡了快一個小時，實在沒有理由再待下去了，魏曉雨才羞羞答答用浴巾裹住了身體，先是在門口露了個腦袋瞧了瞧，見周宣背對著這邊，身子都藏在了被子下面，這才隱隱鬆了一口氣，趕緊幾步跨到床邊，窸窸窣窣鑽進被子中，身子顫抖不已。

在被子中，魏曉雨離周宣遠遠的，一個在床這邊的邊沿，一個在床那邊的邊沿，都將身子掩蓋在被子下面。

魏曉雨臉紅心跳的，雖然在浴室中還剛剛用冷水浸了臉，但現在，一張臉仍然是火燙的感覺，偷偷瞄了瞄周宣，周宣似乎是睡著了，一動也不動，只是背對著她，想了想，然後伸出手把燈關了。

房間裏頓時暗了下來，不過，窗外還是有些光線隱隱透了進來，雖然看不清，但影影綽綽地仍能看到一點。

魏曉雨見周宣一動不動，待了一陣，跳動的心情慢慢沉靜下來，雖然臉仍是燒得厲害，但總算比開始要平靜得多了，加上燈又被她關掉了，在黑暗中自在了許多。

雖然她也知道，對於周宣來說，如果他使用異能的話，黑暗與否基本上根本沒差，但關掉了燈，心理上自然好得多了。

房間裏靜得連一根針掉在地上都能聽得到，魏曉雨一雙手把浴巾抓得緊緊的，咬著牙直使勁，但話到嘴邊卻就是說不出來。

過了良久，魏曉雨總算是憋出了一聲蚊子叫般的聲音來：

「周宣。」

周宣依然沒有動彈，魏曉雨猜測著是不是她聲音太小，周宣沒有聽到，不過由於喊出了一聲後，膽量便大了許多，當即大了些音量，再叫了一聲：

「周宣。」

過了一會兒，周宣仍然一動不動，魏曉雨以爲周宣睡著了，發燙的臉這才開始冷靜下來，不過心裏卻又掠過一絲失望，胡思亂想中，迷迷糊糊睡了過去。

其實周宣並沒有睡著，在這樣的情況下，他又哪裡能睡得著？不過心裏有些緊張，屏著

呼吸不敢動彈。魏曉雨叫他的時候，他也聽得清清楚楚的，只是沒有應聲，也探測到魏曉雨全身火燙，當即運起異能讓她平靜下來。如果不是他暗中用異能調和，魏曉雨要這麼快入睡還是不容易的。

睡到迷糊中，魏曉雨翻了個身，手和身體碰觸到周宣溫暖的身體後，忍不住貼了上去，緊緊地摟著周宣的背甜甜睡著。

周宣覺得身體血液有些快速流動起來，火燙的溫度似乎從魏曉雨身上轉到了他身上，簡直就有種立即要把魏曉雨摟在懷中溫存的意圖。

到底是因爲有種陌生感阻隔著，人性最終抵擋住了獸性的衝動。周宣運用冰氣異能降低了自己的體溫，讓頭腦冷靜下來，然後一遍一遍運功練氣。

背上依偎著魏曉雨柔軟又溫暖的身體，周宣是在什麼時候睡著的也不知道，只是清晨醒過來睜開眼的那一剎那，見到的卻是魏曉雨美麗的臉蛋。

霎時間，周宣發覺自己和魏曉雨兩個人是相擁在一起的，裹在身上的浴巾也早在翻滾中不知道掉落到哪兒去了，身體上的觸覺感覺到，與他抱在一起的魏曉雨跟他一樣，身上也是寸縷不掛的，睡著的時候不知道，現在一清醒，身體立即便有了反應。

魏曉雨也在周宣身體的變化中給弄醒過來，睜開眼嚇了一跳，隨即臉一紅，趕緊又緊緊閉上了眼裝睡。

周宣感覺到魏曉雨的嬌羞可愛，忍不住在她額頭上輕輕一吻，魏曉雨的身子頓時顫抖起來。

這像是一個結了婚有了丈夫的女子麼？周宣雖然略有些奇怪，但也沒有深想，畢竟他的經驗也不多，而且在失去記憶後，這方面的事更等於一張白紙一般。

雖然感覺到魏曉雨不會拒絕，但周宣卻也看得出，魏曉雨還是有些不自然，想來是自己沒有恢復記憶，對她來說，還算是一個陌生人吧。

周宣有些歉疚地再吻了吻魏曉雨的額頭，然後努力退開了些，在被子下面摸到了浴巾，把下身裹住了才鑽出被子，沒有去瞧魏曉雨，免得她害羞，頭也不回地進了浴室。

魏曉雨這才嬌羞地睜開眼，打量了一下，臉又開始火辣辣地燙了起來，想起剛剛醒來後的感覺，全身光溜溜的，周宣身體帶給她的刺激感，那是她從來沒有過的感覺，一時羞得連脖子都紅了起來。

聽到浴室中窸窸窣窣的水流聲，想像著周宣那並不高大但卻很強壯的身體時，腦子中又胡思亂想起來，忍不住暗暗啐了一口：魏曉雨，你是個花癡嗎？收斂一點吧。

周宣快速地沖了個冷水澡後，又刷了個牙，然後把昨天的衣服仍舊穿了，把魏曉雨的衣服捧了出去，放在床邊上，說道：

「曉雨，你把這衣服再穿上吧，也沒有得換的，我們出去買兩套衣服吧。」

雖然沒有跟魏曉雨發生真正的夫妻關係，但兩人身體接觸的程度，與夫妻也沒有太大的區別，只是沒有實際行動而已，因爲如此，所以周宣無形中就覺得跟魏曉雨的感覺親近了許多。

距離，有時候確實是親密的接觸能夠縮短的。

周宣怕魏曉雨害羞，坐在床邊上背對著她，魏曉雨趕緊把衣服穿好，到底還是害羞感在作怪，要是周宣的經驗也足夠的話，便會察覺到奇怪之處，一個結過婚的女子，又怎麼會跟他一樣，男女之事竟然一點也不懂。

魏曉雨穿好衣服後，接著到浴室裏漱洗，又對著鏡子撫弄了一下頭髮，隨便用一根頭繩繫起來。

出了浴室，在房間裏面對周宣時，感覺自然得多了，擺擺手道：「好了，現在去哪兒？吃早餐還是買衣服？」

周宣呆了呆，魏曉雨一臉素容，一點脂粉打扮也無，但清麗的容顏卻是無與倫比，似乎房間裏也因爲她的絕美容顏而亮了起來。

「曉雨，你好美。」周宣忍不住稱讚了一聲。

「真的嗎？」

魏曉雨倒是有些驚喜，以前的周宣又何曾對她說過這樣的話？那是想也想不到的事情，在她的印象中，周宣可是個不善於說甜言蜜語的人，而且對她來說，就更不可能了，要說，周宣也只會對傅盈說啊。

一想到傅盈，魏曉雨的心情莫名地一沉。

「盈盈，曉晴，我對不起你們。」魏曉雨在心裏默默地念了一聲。

「曉雨，你怎麼啦？不舒服嗎？要不，我先陪你到醫院看一下吧。」周宣發覺魏曉雨忽然臉色就變白了，眼睛紅紅的，好似又要哭出來一樣。

魏曉雨拭了拭眼，然後搖了搖頭，說道：「我沒事。」過了一陣，又低低地問周宣：「周宣，我是不是很壞，我對不起我家人，對不起……對不起……一個朋友。」

周宣以為魏曉雨說的是要跟他逃到國外的事，嘆息了一下，良久才回答道：「曉雨，都是我不好，要不，我一個人先躲躲再說，你還是回家陪著你的家人吧。」

魏曉雨想也不想地便搖頭拒絕了。

「不，我不放心你一個人，以後不論到哪裡，我都要跟你在一起。」

周宣很是感動，聽曉雨說了，她的家庭有著背景很深的軍方關係，這個又漂亮又驕傲、家世又好的女孩子，卻不顧一切地要跟著他去吃苦受累，按現在的情況看來，甚至還可能有生命危險。

從酒店出來，魏曉雨與周宣手拉著手地在街上逛街，沒有去高檔的服裝店，而是在普通市場買了幾套衣服，一共沒花到一千塊錢。

周宣身上還有近萬塊現金和一顆九星珠，再無其他東西，包括銀行卡、身分證之類的東西，一概都落在了漁船上的房間裏，不過，就算沒有丟，他也不記得密碼了。

周宣又擔心讓人給認出來，怕給魏曉雨惹上麻煩，所以買了衣服吃了早餐過後，又催促著魏曉雨回到了酒店。

魏曉雨本想讓周宣陪她逛逛街，這樣舒暢的心情可是很少有過，不過，周宣擔心的表情浮在臉上時，她心裏才怔了一下，隨即想起自己對周宣說過了有仇家的事，趕緊柔順地跟著周宣回到酒店。心情再好，也要克制一段時間，別讓周宣看出破綻來，免得出大事情就後悔莫及了。

在酒店裏，兩個人閒著無聊，魏曉雨拿了副撲克牌來跟周宣玩牌，不過，無論怎麼玩，她都是輸家，因爲周宣自然而然就探測到了她手裏的底牌，看著對家的底牌，就算自己的牌面比她差，也已占了先機，更何況一大半時間，周宣的牌要比她好。

魏曉雨輸得急了，忽然想起周宣身有異能，自己手裏拿什麼牌，他還不全都知道了？一下子恍然大悟起來，惱道：

「你……不許用……異能來看我的牌。」

周宣摸了摸後腦，苦笑道：「這就像我的手和腳一樣，情不自禁就用上了，我能有什麼辦法？」

「不玩了，不玩了。」魏曉雨把撲克牌一推，眼珠子一轉，然後說道：「要不，你……」

話沒說完，周宣便伸手「噓」地一下，然後悄悄說道：

「有人來了，別說話。」

周宣話音一落，房間門便輕輕地響了一下，魏曉雨臉色一緊，趕緊問道：

「誰啊？」

「曉雨嗎？是我。」一個低沉的男子聲音響起。

周宣早知道門外站著的是一個四十多歲的中年男子，但腦子裏沒有印象，不知道他是誰。

魏曉雨怔了怔後，隨即喜笑顏開，趕緊起身去開了門，讓那男子進屋後再關了門，然後親暱地挽著那男子的手臂，一邊走一邊說道：

「小叔，你怎麼這麼快？」

那男子正是魏海洪。一進房後，眼睛便緊盯著周宣，從周宣茫然的眼神裏，相信了周宣

真的失憶的事，因爲周宣看到他，沒有半分表示，眼神裏流露出來的，完全是看著一個陌生人的表情。

「你這丫頭，唉……」魏海洪一邊盯著周宣，卻是對著魏曉雨說話，「小叔不擔心你，只擔心曉晴，這下倒好，換成擔心你了。」

魏曉雨咬著唇沒有回答，偷偷看了看周宣，然後眼圈一紅，差點就落下淚來。

魏海洪趕緊直搖手，說道：「好了好了，小叔不說你了……」走到周宣面前，仔細地盯著他看了半晌，然後狠狠地在周宣肩上一拳，惱道：「你這傢伙，知道我有多想你嗎？」

周宣腦中雖然對魏海洪沒有印象，但卻感覺得到魏海洪的這份真誠和真情，他想他是曉雨的叔叔，那肯定也是自己的長輩了。

魏海洪又緊緊擁抱了一下周宣，然後鬆開手，退開了一點仔細瞧著周宣，好半天才嘆著氣，沒說話，只是在周宣肩上沉沉地拍了幾下。

周宣想了想說道：「小叔……我也叫你小叔吧，我知道我這樣對曉雨不公平，但我會好好對她。」

魏曉雨一聽到周宣這話，再也忍不住，撲到魏海洪懷中便號啕大哭起來。

魏海洪也有些感傷，只是輕輕拍著她的肩膀，好一陣子才對周宣說道：

「兄弟，曉雨，我就託付給你了，好好對她吧。」

周宣點點頭，說道：「我會的，小叔。」一時間也不知道應該再說些什麼，只是下意識地把責任承擔到自己身上，場面也有些靜下來了。

魏海洪擺擺手，然後沉聲說道：

「都坐下來說吧，曉雨，周宣，這是你們的證件，我已經辦好了，因為與摩洛哥的大使參贊交情不錯，我拜託他給你們辦了摩洛哥的出入境證件，又在瑞士銀行給你們存了一筆錢，暫時先用著，不夠我再匯給你們。」

魏海洪說著，從公事包裏取出了一疊厚厚的證件。周宣看著這些證件，心裏也吃驚不已。雖然沒有了記憶，但卻知道護照和外國國籍的難辦，更別說在這麼短的時間裏辦好並送過來，看來曉雨的這個小叔果真不是簡單的人物。

周宣又瞧了瞧魏曉雨，此時，她臉上沒有一絲意外的表情，顯然對魏海洪辦的這些事沒有一點意外，一副所以然的樣子。看來曉雨的家庭背景來頭不小，想想也能明白，魏海洪剛剛說了，他是讓摩洛哥的參贊辦的，一個國家的參贊，又豈是一般人能結交到的？

魏海洪接著又說道：「參贊還聯繫了國內的穆罕默德六世國王的堂弟哈桑親王，在拉巴特準備了一套公寓供你們居住，一切都已經安排妥當，我過來的同時，哈桑親王的座機已經在海濱機場等候，曉雨，周宣，事不宜遲，你們馬上乘機飛往摩洛哥吧。」

周宣呆了呆，沒想到他認為是極複雜極難辦的事，在魏海洪手中，竟然如吃飯睡覺一樣

容易，腦子裏一下子還不能反應過來。

周宣遲疑了一下，才說道：「這……這麼急嗎？我……我……」

魏海洪不容分說地道：「你什麼也不用管，那邊的事我已經安排好了，這邊的事我來善後，一切都是機密的，沒有人會知道，你們只管走就好，我安排送你們到機場的車就在外面，趕緊走吧。」

魏海洪見到周宣一副遲疑的樣子，便趕緊催促著他和魏曉雨離開，免得又出意外，在國內多待一分鐘，便多一份穿幫的危險。

魏海洪雖然把周宣當成親兄弟看待，但若在曉雨和傅盈之間選擇，畢竟血濃於水，曉雨是他的親侄女，哪有不向著她的道理，這說不上對不對得起周宣，人總是有一份私心的。

魏曉雨趕緊拉著周宣，魏海洪送他們乘電梯下樓。爲了保密，這次來東海就他一個人，什麼人都沒帶，到東海後，才在軍分區的熟人那裏借用了兩名武警。

武警加軍車，這無論在哪個地區幾乎都是暢行無阻的。地方上的員警一般都不會故意去得罪他們。

在酒店大門外，兩名武警恭候著，一看到魏海洪出來，當即恭敬地行了一個軍禮，齊聲道：「首長好，請首長指示。」

魏海洪擺擺手，然後指著周宣和魏曉雨兩個人說道：

「就是他們兩個人，你們把他們安全送到機場，送上指定的專機後，任務就算完成了。」

兩名武警「啪」地一下，又行了一個軍禮，齊聲道：「請首長放心，保證完成任務。」說完把車門拉開，說道：「二位首長，請上車。」

周宣看了看魏海洪，這才上了車，魏曉雨邁了一步，忽然間又轉身撲到魏海洪懷裏，忍不住大哭起來，叫道：「小叔。」

魏海洪眼裏也不禁濕潤了，這個自小便堅強剛硬的侄女，如今也露出了小兒女的本性來，腦子裏不禁想起了小時候，這兩個同胞姐妹牙牙學語地賴著他叫小叔的情形，自己讓她們姐妹倆輪著當馬騎的往事。哽咽了一下，然後把魏曉雨往車裏一推，把臉扭到了一邊，說道：

「快走吧，曉雨，跟周宣好好過日子，你過得好，過得幸福，才是對你爸媽、爺爺、小叔好，知道嗎？」

魏海洪把魏曉雨推進了車裏，然後狠狠關上了車門，對開車的武警一揮手。那武警更不多話，把車啓動，箭一般就開上了路。

魏曉雨哭得很傷心，這一次離別，誰知道什麼時候能回來呢？想到或許這一生永遠都不

能回來了，在與小叔臨別的那一剎那，魏曉雨終是忍不住傷心的大哭起來。

而眼見這一切，周宣只以爲魏曉雨是捨不得和家人分別。這一切都是因爲他，他太對不起魏曉雨了。在車裏，周宣把魏曉雨緊緊地摟在懷裏，輕輕安撫著她。

有軍區的武警護送，進機場連證件都不用查，而在機場等候載人的飛機，是哈桑親王的私人專機，這一切，自然都是因爲魏海洪的關係。

哈桑親王的專機是一架能載十六個人的小型商務飛機，飛機上除了兩名機師外，還有哈桑親王安排的兩名專門來迎接周宣和魏曉雨的專員。

四個人在飛機旁等候著，兩名武警把周宣和魏曉雨送到後，直到上了飛機，這才駕車離開。

四名迎接的人中，三男一女，三個男的是典型的阿拉伯人裝束，那個女的卻是跟周宣和魏曉雨一樣的黃皮膚。

幾個人一齊躬身迎接，三個男的說的是外國話，那個女孩子說的卻是明顯的中國話。

「王先生，李小姐，我們已經等候多時了，請上飛機吧。」

周宣怔了怔，一邊與魏曉雨往飛機上走，一邊問道：

「你……你是中國人嗎？」

那女孩子微笑著點點頭，然後回答著：

「是啊，我是留法的學生，畢業後就在穆罕默德・圖魯克親王的公司做事，因爲懂中文，所以這次的任務就派我來了。」

上了飛機，那女孩子把周宣和魏曉雨帶到座位上坐下後，又介紹著後面的那個阿拉伯裝束的男子：「這位是艾哈邁德・拉迪先生，是圖魯克親王的私人助理，也是這次專門來迎接你們的人。」

原來這個人才是主角，那女孩子只是翻譯罷了。

拉迪伸出手來與周宣握了握手，然後又向魏曉雨合手致禮，在他們國家，與男女客人的歡迎方式是不同的，周宣雖然不懂那麼多，但也知道，阿拉伯國家的禮節是最多的。

拉迪微笑著說了幾句話，又向魏曉雨伸了伸大拇指。

那女孩子莞爾一笑，說道：「王先生，李小姐，拉迪先生說，李小姐是他見過的東方人中，最漂亮的一個。」

魏曉雨也禁不住笑了起來，剛剛與魏海洪分別引起的傷心感覺，頓時消失了許多。

第七十六章

圖魯克親王

圖魯克回到國內後，
當即讓拉迪把周宣和魏曉雨兩個人接到別墅中接風洗塵。
在別墅中，周宣和魏曉雨終於見到了穆罕默德．圖魯克親王，
一臉絡腮鬍，全身從頭到腳都是阿拉伯人典型的裝束。

那個女孩子又說道：「我的名字叫易欣，叫我小易就可以了。」易欣的年紀不大，看起來不超過二十五歲，不過表情中顯示她的社會經驗應該不少，至少比較世故。

接著，易欣又到駕駛艙幫兩名機師翻譯，協助他們與機場機房指示管理中心聯繫，等到飛機起飛升到三千米以上後，才回到艙裏，替周宣和魏曉雨、拉迪三個人送上飲料。

魏海洪替周宣和魏曉雨準備的假身分名字，周宣的名字是王風，魏曉雨的名字是李麗，無巧不巧的是，這個名字倒是和周濤的女朋友李麗是同一個名字。

摩洛哥是個伊斯蘭教國家，阿拉伯人口占了百分之八十，柏柏爾人占了百分之二十，阿拉伯語爲國語，但法語也在整個境內通用，因爲法國是摩洛哥最大的貿易夥伴國，在各方面，無論是政軍兩方面，都是法國最大的受援國，法國與摩洛哥往來甚至不需要護照證件，只需要普通的居住證件即可。

從東海飛往摩國首都拉巴特需要十八個小時，在中途國的一個機場加了一次油，第二天的早上十點鐘就到了目的地。

摩洛哥的氣候非常好，溫度大概在二十一、二度左右，比東海的氣溫要略高些，在拉巴特的機場出來後，被隆重接待的感覺就強了許多。

來接機的有三輛豪華車，那個穆罕默德・圖魯克親王本人沒有來，周宣和魏曉雨雖然是魏海洪讓他多加關照的人，但畢竟不能跟魏海洪本人的身分相較，限於地位級別的原因，所以他只派了屬下來接機安排。

這其實更合周宣自己的本意，他跟魏曉雨是逃命避難來的，搞得那麼隆重不是很滑稽嗎？

主事的依然是艾哈邁德•拉迪，由易欣作陪翻譯，然後送他們到了給周宣兩個人準備的公寓處。

這是拉巴特市中心的商業住宅區的一棟大廈，七十六層樓，給周宣和魏曉雨準備的房子位於四十六樓，有八十平方，一房一廳，裝飾佈局都很豪華。

不過，雖然是圖魯克親王準備的，但魏海洪可沒少給他好處，在與圖魯克的生意中，讓他獲利了數千萬。

當然，這還只是表面上的好處，圖魯克更看重的是跟魏海洪的長期往來。以魏海洪的身分和資產實力，圖魯克在中國的生意自然是財源廣進了。

在摩國國內要安排周宣和魏曉雨兩個人，對他來說小菜一碟都算不上，只是舉手之勞而已。何況，周宣和魏曉雨又不是真正的逃犯，根本不需要做過分的隱藏，魏海洪要防範的只是傅盈家族的尋找，因爲傅家也不是省油的燈，華人首富的招牌可不是白喊的，所以才給周宣和魏曉雨換了假名、假身分。

圖魯克不明白這兩個人到底是爲了什麼要躲到摩國來，曾暗中讓人調查了周宣和魏曉雨的身分，確定與國際上任何黑幫組織都沒有一丁點關係後，才鬆了一口氣，如果是特殊人物，他還得擔一定的風險。聽魏海洪說只是感情上的糾紛後，倒是信了一半。

其實，他覺得周宣和魏曉雨比較像是在國內犯了經濟上的罪，不過這對他來說，就沒有任何障礙了，只要不是殺人販毒之類的通緝犯，那都好說。

拉迪和易欣把周宣和魏曉雨二人送到公寓後，又留下了聯繫電話，這才離開。

等他們走後，周宣和魏曉雨仔細在公寓裏察看起來，房子確實沒得說，一應俱全，裝修豪華，房子裏的所有傢俱電器都是全新的，廚房裏也是全套新的器具。

只有一點不習慣的就是，兩人對這裏的語言一點都不懂。

長途飛行有些累，魏曉雨躺在床上瞇了一會兒，竟然不知不覺睡著了，周宣自然沒有這方面問題，異能在身，一點都沒有疲累的感覺。

要不先做點吃的吧，周宣想了想，到廚房裏看了一下，雖然一切器具都很齊全，卻沒有任何吃的，冰箱裏也是空的，需要用的茶米油鹽等等，一樣都沒有。

周宣摸了摸身上的銀行卡，這是魏海洪臨行前給他們的，只要有錢，語言不通也不用過分擔心，先到超市裡買些生活用品好了。

周宣拿了房門鑰匙，然後鎖好了門坐電梯下樓，先在路邊找到一個有銀行標誌的地方，在提款機取了錢，再到街上找尋超級市場。

超級市場十分好找，在不遠的地方就有好幾間。周宣進了超市，推了一輛購物車，把各種食品滿滿堆了一大車。

回到住處，魏曉雨仍在熟睡中，一點也沒有察覺，周宣沒有驚動她，到廚房裏悄悄做了飯菜。

魏曉雨是被香味弄醒的，起來後，見周宣正往餐桌上端菜，有些不好意思起來，趕緊幫忙端菜拿碗。

周宣的手藝著實不怎麼樣，但魏曉雨吃得津津有味。

吃完飯，魏曉雨說什麼也不讓周宣再幹活了，說道：「飯是你做的，那碗當然是我洗了。」

周宣笑笑由得她去了。

沒幾分鐘，卻聽到廚房裏「乒乒乓乓」一陣響，趕緊跑進廚房裏看。魏曉雨臉紅紅地盯著他，地上摔了好幾個飯碗及盤子。

周宣笑道：「你去客廳裏休息吧，還是我來。」

看來曉雨沒做過這些事，以她的家庭身分，沒接觸過這樣的生活也是正常的。不過魏曉

雨自然不那麼想，現在跟周宣在一起，就得把以前大小姐的習慣收起來。

魏曉雨紅著臉，一聲不吭，還是任性地要自己做，不過，房間裏只有吸塵器和拖把，把大的碎片收拾掉後，一些極細小的碎屑就不好處理了。

周宣剛好買了香皂回來，當即拿了一塊，然後把香皂在地板上滑動著，沒幾下碎屑便全部沾在香皂上面。周宣又拿了菜刀，把沾了碎屑的表層削掉，說道：「剩下的還可以用。」

魏曉雨咬著唇，好一陣子才問道：「你是個男孩子，怎麼會懂得這麼多？」

周宣摸了摸頭，自己也覺得奇怪。這些動作就像直覺一樣，雖然什麼都想不起來了，但只要一碰到曾經做過的事，身體便能自動做出來。要是這樣的話，不知道見到家人，會不會就能想起往事來了？

周宣這樣一想，卻又馬上否定了這個念頭，不說別的，曉雨和她小叔魏海洪，自己應該是認識吧，但為什麼看到他和曉雨，自己卻沒有想起任何往事？

應該還是下意識的反射動作吧，想了想才苦笑道：

「曉雨，可能我是個窮人家的孩子吧，窮人家的孩子早當家，我可能是自小就過慣了苦日子，做的家事多，自然就會了。」

說完，周宣忽然問魏曉雨：

「曉雨，你知道我家裏以前的事嗎？我家裏還有什麼人？」

魏曉雨一顫，呆了呆才猶豫地回答道：

「你……你家以前是住在鄉下農村，家裏有父母和弟妹，現在都很好。沒事，你放心吧，就算有事，我小叔也會安排得好好的。」

聽到自己有父母和弟妹，周宣默默地回到客廳裏，坐下後望著窗外，天際有幾朵白雲飄動，他的家人，這時候都在幹什麼？

魏曉雨見自己的話引起了周宣思念親人的情緒，不禁懊悔起來，默默地給周宣倒了一杯水，然後依偎著周宣抽泣。

周宣把水杯放到桌子上，然後捧起魏曉雨的臉，說道：「曉雨，你怎麼啦？」

魏曉雨哽咽著道：「周宣，我真沒用……一個女孩子應該做的事我都做不好，我……想好好地跟你……跟你過日子，好好地做你的……妻子，可是……」

周宣笑笑道：「傻丫頭，我們兩個人在一起就好了，非得要你給我做什麼，我給你做什麼才行嗎？兩個人在一起只要開心就好。」

魏曉雨只是搖頭，周宣又好笑又好氣地伸手給她拭去了眼淚，心中卻很感動，這個美麗又驕傲的富家千金這麼不顧一切地跟了自己，人心又不是鐵長的，哪能不感動呢？

看著嬌美無匹的曉雨，周宣感動之餘，又憐又愛，見她紅唇鮮豔欲滴，忍不住低頭就吻了上去。

魏曉雨身子一顫，但卻沒退縮，反倒伸了手環著周宣的腰慢慢摟緊，兩個人逐漸火熱起來，越摟越緊，終於變成了一個人。

狂風暴雨過後，魏曉雨扯過被子蓋住自己裸露的身子，臉上脖子上都是紅暈，想起剛剛的瘋狂，羞到了骨子裏去。

周宣有些發傻，這種奇妙又瘋狂的感覺就是夫妻了？

看到害羞得不敢睜眼的魏曉雨，周宣趕緊穿了衣服，瞧見雪白的床單上有幾點鮮紅的血跡，有些發怔，又有些迷糊，隱隱覺得有些事不對勁，卻說不上來。

這其實是周宣經驗少，又是在失憶後，按魏曉雨告訴他的情況，如果他們早是夫妻的話，那魏曉雨第一次的落紅顯然就是撒謊了。不過周宣也沒這方面經驗，雖然覺得有些不對勁，但看到魏曉雨嬌羞美麗的樣子，心中只有憐愛和痛惜，哪裡還會再想其他的？

男女的事一旦跨過了那條線，也就沒有了神秘感，年輕男女精力旺盛，一嘗到那種無法言喻的快感，自然無法自拔，兩人就跟一般的新婚夫婦一樣，好得蜜裏調油，恩愛地過著日子，無比快樂開心。

兩個人在公寓裏也不覺得悶，東西吃完了就到超級市場裏大採購一番，然後又是整天不出門。整整兩個星期後，周宣才接到了易欣的電話，才想起還有這麼個人來。

易欣讓他們兩個到大廈樓下等候，說是艾哈邁德•拉迪會過來接他們到圖魯克親工的別墅裏用餐，原因是圖魯克親王想爲他們接風洗塵。

周宣心想，都過了這麼久還接什麼風、洗什麼塵？再說，他們又不是什麼大人物，圖魯克是堂堂親王，他們兩個無名小卒，有什麼好接見的？

周宣自然不知道，這是因爲圖魯克親王跟魏海洪有了一樁生意上的大合作，而魏海洪有意無意中又提起了讓他關照兩個人，圖魯克這才明白，這兩個人在魏海洪眼中，並不只是幫幫小忙的事，肯定是他很重要的人，所以回到國內後，當即讓拉迪把周宣和魏曉雨兩個人接到別墅中接風洗塵。

這棟別墅，圖魯克其實很少來，因爲周宣和魏曉雨並不是身分級別很高的人，只是想投魏海洪所好，對魏海洪有個交代而已。這件事，圖魯克也不想讓別的人知道，所以才會偷偷摸摸地在別墅請兩個人吃飯。不過，雖然低調，但圖魯克也不是很怠慢，規格並不低，請的是國內最有名氣的大廚。

在別墅中，周宣和魏曉雨終於見到了穆罕默德•圖魯克親王，一臉絡腮鬍，全身從頭到腳都是阿拉伯人典型的裝束，說實話，對這樣的裝束，周宣很有些不自在的感覺。

尤其是阿拉伯女子，不論是侍從還是他們的妻女，都把臉遮得緊緊的，看不到半點表情。

圖魯克笑呵呵地請周宣和魏曉雨上座，然後讓易欣翻譯，說是因爲事務繁忙，本來早就要請他們吃飯，爲他們洗塵接風，但一直沒有空，所以才耽擱到今天，請他們多多諒解。周宣自然不會去跟他計較這個，知道這只是圖魯克的客套話。

就在彼此寒暄的時候，周宣忽然眼皮一跳，腦中感覺到危險來臨，當即想也不想，一把把圖魯克推倒在地。

就在周宣推倒圖魯克的那一剎那，玻璃窗上「撲哧」一聲輕響。但除了周宣外，其他人都沒有察覺。

因爲周宣的動作嚇到了大廳裏的人，幾個保鏢隨即撲上來準備控制住周宣，但周宣早拖著圖魯克拚命竄到牆角邊，就在其中一個保鏢剛好撲到圖魯克親王時，這個保鏢胸口忽然迸射出一枚鮮紅的血箭，哼都沒來得及哼一聲，便即斃命。

幾個保鏢呆了呆，馬上大喊「有刺客，保護親王！」大廳中的人聽到他們的叫聲，頓時都驚叫慌亂起來，在大廳中亂竄。

周宣把圖魯克親王拖到牆角下後，再看魏曉雨，她此刻已經緊挨著他躲在牆角下。

魏曉雨本身就是身手超強的軍中精英，比圖魯克親王的保鏢還要強得多，除了沒有身具異能，她身手的強悍和敏捷，可是遠超過周宣的。

大廳的玻璃窗，玻璃都是加厚的防彈玻璃，一般的手槍子彈根本穿不透，就算是步槍也打不穿這種特製玻璃，但剛剛那一聲輕響過後，玻璃上竟出現了一個指頭般大的洞，緊跟著又是異聲連響，玻璃上又出現了無數個小洞眼。

大廳裏的人又被爆頭了幾個，全部人都明白，有殺手出現了。

不過，保鏢們拿出槍來卻是一點用也沒有，對方顯然是狙擊手，而且不像是在近距離，從玻璃窗的方向看出去，遠處有一個遠達三千米的空曠地帶，三千米外有一個小山包。

這些保鏢雖然覺得無法相信，但又無法解釋，從經驗和彈孔的檢測方向來看，似乎只有三千米外的那個小山了。

空曠地帶中，一眼就能看得出沒有人，但殺手如果是隱藏在三千米外的小山中時，那就很奇怪了。超過三千米以上的距離，幾乎是任何狙擊手都不能達到的遠度，更別說他們這些拿著手槍的保鏢們了，手槍殺傷力的範圍，一般只在兩百米以內，假如殺手是真的從三千米以外的距離射過來的話，那他們也只能望而興嘆了。

這些保鏢都很疑惑，射進大廳的子彈到底是不是從三千米外的地方射來的，因爲這樣的遠度，便是最頂尖的狙擊手，也是難以達到的。

狙擊手使用的狙擊步槍一般都是特製的，有光學瞄準鏡，利用光學瞄準鏡，可以在能見度不好的條件下進行有效觀察，在夜間還有夜視儀，狙擊步槍分爲非自動和半自動兩種，半自動狙擊步槍是最常見、也是使用最廣的。

狙擊步槍的構造與一般的步槍基本上是相同的，只是槍身比步槍更長，配備了更精準的專業光學瞄準鏡，還帶有消聲裝置，從二十世紀八十年代開始，大口徑的狙擊步槍出現，射擊距離達到了一千五百米左右。

而最近十年間，精準度更高，射擊度更遠的狙擊步槍也頻頻出現，美國Cheytac公司最新款的狙擊槍，在最理想的環境狀況下，射擊距離可以達到兩千米。

但能在兩千米左右的距離中精準的擊中目標，在全世界的記錄中也是極爲鮮有的。

這與槍手本人的經驗技術也有極大關係，比如在極近的距離中拿手槍射擊一樣，有的人連靶都挨不到，有的人能打中，但精準度不高，但也有高手能槍槍命中紅心，這其實就是技術的原因了。

圖魯克的保鏢們都是經驗極爲豐富的退伍士兵，其中還有專業的狙擊手，對狙擊的手法知識懂得很，不過從玻璃窗上的彈孔來看，方向只能是遠處的小山，這麼遠的距離，就算是世界上最頂尖的高手也是不可能辦得到的。

在以前的記錄中，在阿富汗的美國老兵曾傳有頂級狙擊高手射擊距離達到了兩千五百米，這已經是當前世界上的最遠距離了，而且還是傳說，並沒有確切的官方記錄。

三千米？甚至以上？那只能是天方夜譚了，聽都沒聽說過，不過也有謠傳，說美國的武器製造商準備研究射擊距離能達到五千米的狙擊步槍，只不過是真是假，並沒有確切的說法。

所以圖魯克親王的保鏢們都是又驚又疑，那個殺手還在瞄準射擊，而他們完全沒有反手之力。

這些保鏢雖然無法相信，但周宣卻明白，不過周宣並沒有狙擊的經驗和技術，所以對幾千米的遠處，或者是幾十米的距離，他都沒有概念，也不懂得那會有多難，但是從玻璃窗上射進來的子彈上，他卻探測到子彈上面有一種異常的能量，雖然很微弱，但那種能量可以讓子彈穿透更強，射得更遠。

這跟周宣用異能激發人體的機能一樣，他的異能可以使另外的身體機能加強加固。

情急過後，周宣聽到圖魯克親王惱怒的叫起來，保鏢趕緊掏出電話來下達命令。

周宣見到易欣嚇得花容失色，躲在一張桌子下只是發顫，趕緊對她叫道：

「易小姐，你趕緊翻譯一下，就說殺手在大窗對面的小山上。」

易欣雖然害怕，還是急急地把周宣的話用阿拉伯語翻譯了。圖魯克惱怒地下了命令。

隔幾分鐘後，周宣腦子裏那種緊繃的危險感覺忽然消失了，身體爲之一鬆，當即明白，那個殺手已經撤退了。

周宣喘了口氣，然後才挨著牆壁站了起來，再仔細地瞧著窗外的小山位置處，太遠了，雖然他目力遠超常人，但也看不到有什麼異常之處，也沒見到人。

圖魯克的保鏢見周宣大膽地站到玻璃窗處，都嚇了一跳，心想：這個人太大膽了吧，不過，見沒有子彈再射擊過來，才都趕緊跳起身，幾個人立刻拉起了窗簾，擋隔了起來。

圖魯克親王氣急敗壞地大罵一通，然後指著周宣、魏曉雨，又指了指易欣說道：「你們跟我過來。」

易欣趕緊對周宣翻譯了。

拉迪是圖魯克的助手，出了這樣的事，他也同樣慌亂不已，不過現在危機顯然解除了，所以也趕緊爬起身指揮著，一邊又緊緊地跟著圖魯克。

幾個人到了裏面的房間，別墅裏有地下室，從裏間到地下室裏，拉迪打開了燈，圖魯克親王氣呼呼地在地下室的沙發上坐了下來。先是瞪了一眼跟著進來的兩名保鏢和拉迪，罵了一聲「廢物」後，然後面向周宣時，臉色緩和了許多。

毫無疑問，他的命是周宣救的，只是他不明白，周宣爲什麼會知道有人要殺他，難道周宣是與殺手一夥的？這只不過是做出來的一齣戲？

不過，圖魯克又覺得不大像，要是周宣與殺手是一夥的，周宣有什麼好處？難道是想得到他的報酬？

圖魯克腦中的念頭只略爲閃過，馬上就否決了這個想法，在他面前演戲搞鬼，無非是想得到一大筆酬金，而周宣和魏曉雨是魏海洪的親人，魏家的人又怎麼會缺錢？就算自己給的再多，也不會比魏海洪給的多啊，這兩個人不可能是爲了錢而演這場戲的。

可如果不是爲了錢，那這個年輕人又怎麼會知道槍手在那個時候射擊？而且及時剛好把他推開，剛推開殺手就開槍了。不可能有那麼巧的事吧，還是先試探一下這兩個男女的說法吧。

圖魯克臉上堆起了笑容，然後對周宣說道：

「王先生，謝謝你今天的救命之恩，呵呵，不過我想知道的是，王先生是怎麼知道有殺手的事？」

易欣在一旁趕緊給圖魯克親王翻譯著。

周宣知道圖魯克親王會有這樣的想法，換了他自己也會這樣想，時間點如此湊巧，換了誰都會懷疑。周宣淡淡一笑，說道：

「易小姐，請你向圖魯克親王解釋一下。因爲當時我剛好見到窗戶對面的小山上有一道反光射過來，直覺猜到這是瞄準器的鏡片反光，於是下意識撲倒了親王，然後槍就響了。」

易欣照著周宣說的話翻譯了，但圖魯克瞇著眼的表情，顯然是不相信這個說法。

周宣淡淡又說道：「我從小練習武當嫡傳的內家功夫，眼手的敏感度比普通人要強得多，反應快一些也很正常，你們看吧。」

周宣說著，忽然一拳打在牆壁上，沒有什麼響聲，但這一拳竟然深深陷進了牆壁裏面。

這讓圖魯克和拉迪以及他的保鏢，還有易欣都驚得目瞪口呆。圖魯克親王的這棟別墅，全是用鋼筋水泥鑄造出來的，地下室的牆壁便是用大鐵錘拚命砸，也難以砸出洞來，周宣隨便一拳，竟然把這水泥澆鑄的牆壁打了一個深深的洞來，這也太不可思議。

易欣呆了呆後，趕緊對圖魯克翻譯了周宣剛剛說的話。圖魯克頓時恍然大悟，原來這個王風是練過武術的神秘高手，那在危機前救下他倒也不是說不通。

這樣的高手，他可從來沒見過，他的手底下雖然能人眾多，專精搏鬥、爆破、狙擊、暗殺的人多得是，不過像王風這麼恐怖的，可真一個也沒有。

這一拳的力量，是一個人能辦到的嗎？就是機器，一下子也不會有這麼大的力量吧？

周宣只用了一拳，便徹底征服了圖魯克，在這一剎那，圖魯克從心裏徹底改變了對周宣的看法。

第七十七章
私人保鏢

圖魯克忽然站起身，背著雙手踱起步來。
過了片刻才對易欣說道：「易，好好向王先生翻譯我說的話，
我想請王先生做我的私人保鏢，不知道他願不願意？」
易欣愣了一下，趕緊向周宣說了圖魯克的意思。

圖魯克呆了一陣，忽然站起身，背著雙手踱起步來。過了片刻才對易欣說道：

「易，好好向王先生翻譯我說的話，我想請王先生做我的私人保鏢，不知道他願不願意？」

易欣愣了一下，趕緊向周宣說了一遍圖魯克的意思。

周宣想了想，又瞧了瞧魏曉雨，心想：既然來到了這個陌生的環境，就要適應這裏的生活，而圖魯克親王是一個很好的靠山，跟他打好關係，至少可以保證自己和曉雨的安全，也算是找了一份養活兩個人的工作吧。

想起這幾天與曉雨的恩愛，周宣便想，要讓曉雨過得幸福和開心，要過得好，至少要有經濟來源，這是他作為男人應該做的事。

看到周宣猶豫著，圖魯克趕緊又拋出了誘惑，「王先生，我給你兩百萬美金的年薪，一切開支另計，而且，每一次行動還另外有獎勵。」

周宣對這份報酬倒是沒有太大的意見，但如果答應了圖魯克，只怕一年四季都要跟著他東飛西跑的，又哪有機會陪曉雨啊？這當兒，周宣跟魏曉雨正是新婚蜜月期，便是分開一分鐘也不願意。

圖魯克見周宣還在猶豫，以為他還是嫌報酬太低，因為他是魏海洪的親人，以魏家那樣的身分，自然不是缺錢的人家，這兩百萬美金的年薪，對普通人來說，已經是做夢也想不到的美事了，但對魏家來說，根本算不得什麼，只是零花錢罷了。因而想了想又咬牙說道：

「王先生，要不，你自己開個價吧，需要多少的薪酬，我考慮一下。」

其實圖魯克前些日子便得到線報，有對手會報復他，當時還覺得有些杞人憂天，自己的警衛隊在摩國也算是首屈一指，僅次於堂兄穆罕默德六世國王的警衛實力了，但今天遭遇了殺手事件，讓圖魯克意識到，他的警衛隊根本不夠用，在更高強的殺手面前，他的手下便像是紙糊的一般，今天要不是有王風在，殺手想殺他，簡直就是輕而易舉。

周宣卻只看著魏曉雨，眼中儘是愛憐的意思，然後偏過頭對圖魯克說道：

「圖魯克先生，你也知道，我們是來避難的，你幫了我們，我很感激，所以我也不瞞你，如果親王有需要我幫忙的地方，我絕對義不容辭，但要我做親王的隨身保鏢，我有些為難。我不希望跟我的妻子分開，我不放心也不願意，至於親王許下的酬金薪水，我沒有意見，不是嫌棄少的原因。」

圖魯克頓時恍然大悟，趕緊笑呵呵地說道：

「如果是這個問題的話，那就一點事也沒有，王先生，這樣好不好，如果我需要你跟隨我到世界各地處理商務事宜的話，我就讓你的妻子李小姐跟你一起去，同樣，我同時付給李小姐一百萬美金的年薪，怎麼樣？」

周宣心裏一喜，心想：要是這樣的話，倒是可以商量，又瞧了瞧魏曉雨，見她也是笑吟

吟的微微點頭。

魏曉雨本就是軍隊精英，要伴隨周宣保護圖魯克親王的安全，她完全可以勝任，她可不像別人看到的那個樣子，是個花瓶。

魏曉雨點了點頭，笑吟吟地對圖魯克說道：

「圖魯克先生，相信我，你給我一百萬美金的年薪，其實並不冤枉，我想跟親王的保鏢小試一下身手如何？」

圖魯克一愣，隨即笑道：

「哦，美麗的李小姐，你還會……東方武術？」

魏曉雨巧笑嫣然，伸手向圖魯克的保鏢做了個請的姿勢。

那兩名保鏢瞧了瞧圖魯克，圖魯克自然不相信這個如花似玉的大美女真有什麼本事，但現在看在周宣的份上，自然得跟她演演戲，讓著她點，好讓周宣開心。現在他可是十分擔心自己的安危，錢再多，身分再高，如果變成了死人，那又有什麼用？

兩名保鏢的其中一個，看到圖魯克示意了一下，當即明白他的意思，趕緊微笑著對魏曉雨說道：「李小姐，請。」

易欣很是意外，一邊翻譯，一邊盯著魏曉雨，這麼漂亮的美人如果動打動腳，未免有些不合時宜，不過想想也知道，女孩子再能打，應該也是花拳繡腿罷了。

魏曉雨見那保鏢對她很輕視，微微一笑，就在對方不經意間，一個閃電般的動作，眾人都還沒看清楚，那個保鏢就已經被她從頭頂騰空摔到身後三四米遠的地上，「啪」的一聲掉落在地，半天動彈不得。

這一手功夫，讓圖魯克、易欣、拉迪三人都是瞠目結舌，目瞪口呆。

他們三個人不懂武術，自然不知道這一手的快捷狠準，但另一名保鏢十分清楚這一手的難度，能做到的人當然很多，關鍵是，對手可是一個跟他差不多的強手啊，要把一個同樣是武術好手的人在一招間摔倒，就算是出其不意，也不是輕易就能辦到的。

幾個人都呆了起來，周宣也有些意外，雖然從氣勢上感應到魏曉雨氣場很強，但還沒有想到她會強到這個樣子。

這當然是因為周宣失去記憶的關係，如果是以前，他當然知道魏曉雨的身手很強了。

「好好好，漂亮！」

圖魯克呆怔了一下，隨即喜笑顏開地拍起手稱讚起來，這兩個保鏢在他手底下，算是最強的幾個人之一，但在這麼漂亮的一個女孩子手裏，竟然連還手的能力都沒有。本是想讓周宣安心地跟著他，才白送魏曉雨一份百萬美金的年薪的，現在看來，這一百萬美金卻是給得極為值得。

就這麼一手，另一名保鏢就知道，魏曉雨的身手比他們要強得多，倒真是看不出來，一個外表看起來這麼柔弱、嬌滴滴樣子的東方美女，竟然會有這麼強的身手。

當然，周宣給他們的震撼只有更強，看看牆壁上的那個深深的拳頭印子，這一手就讓他們甘拜下風了。

如果像魏曉雨這樣的身手，或許還會有人站出來想試探一下，但周宣那一拳打出，這兩名保鏢是屁都不敢放了，這已經不是他們能想像的地步，東方那個神秘的國度在他們心目中，越發顯得高深莫測起來。

圖魯克一時興奮，對拉迪擺擺手說道：

「拉迪，你趕緊準備好車，到我的親王府備宴，我要招待我的朋友們。」

周宣看到圖魯克的欣喜表情，想了想又說道：

「易小姐，麻煩你對圖魯克先生說一下，我想跟他單獨談一談。」

圖魯克當即揮手命令兩名保鏢出去到上面等候，拉迪也出去準備車輛了，地下室裏就只有他跟易欣、周宣、魏曉雨四個人了，雖然周宣說要單獨談一談，但易欣還是不能走掉的，要是她一走，周宣跟圖魯克就沒辦法交談了。

而魏曉雨也在一旁沒有離開，周宣說的單獨談一談，其實只是要圖魯克支開他的手下而已。

圖魯克看了看易欣，然後說道：

「易，你今後什麼都不用管了，就專門陪著王先生和李小姐，他們到哪兒你就到哪兒，另外，你的薪水提高兩倍。」

易欣大喜，本來她對薪水已經很滿意了，但現在因爲周宣和魏曉雨的原因，老闆忽然說加薪就給她加薪了，而且漲幅是百分之兩百，一下子漲了兩倍，她如何不高興？

「謝謝親王殿下。」易欣笑得嘴都合不攏，然後又乖巧地謝過周宣和魏曉雨：「謝謝王先生，謝謝李小姐。」

薪水猛加了兩倍不說，工作量也減輕得不像樣，以前她做的事可不少，而現在那些工作一樣都不用幹了，只要專門給周宣和魏曉雨做專職翻譯的工作，這麼輕鬆，薪水又超高的工作，到哪裡去找？

圖魯克給易欣加薪，自然不是因易欣工作做得好了，而是他需要易欣來爲他和周宣魏曉雨做翻譯，做溝通的橋樑。而剛剛周宣的意思是不想讓更多的人知道，那就更得把易欣招納好。要說翻譯的工作人選是大把的，但新招的人又哪裡敢保證呢，易欣畢竟跟了他三年了，知根知底，好用又放心。

「王先生，請放心說吧，都是自己人。」圖魯克呵呵笑著又說道，而易欣把他的話翻譯過來，用了「自己人」這幾個字，周宣也有些好笑，一個外國人用中國人的腔調來說話，硬

是覺得有些不倫不類的。

「圖魯克先生，我要向你說的不是工作上的事，而是我們自己的事，既然跟著你工作了，那就得向你坦白，免得你也不能放心啊。」

周宣心想，就算自己不說，圖魯克也一定會派人暗中調查，那多沒意思？倒不如先坦白，當即將兩人的背景來歷按魏曉雨說的那般說了出來。

「我其實不叫王風，我姓周，名叫周宣，我的妻子也不叫李麗，她是親王殿下的好朋友、魏海洪先生的親侄女魏曉雨，我們只是因爲個人的私事，並不涉及任何犯罪原因而躲到摩洛哥的。向親王殿下說明原因，並請你保密，這樣，我覺得是比較好的處理辦法。」

圖魯克心裏又是一喜，他們兩個與魏海洪有極深的關係，他早查清了，也知道他們不是因爲犯罪逃逸，所以才爽快地答應魏海洪的，現在周宣自己又向他說明了，就更證明他們兩個沒有問題，身手超強而能爲他所用，也算是他的運氣了，當即說道：

「沒問題，沒問題，在我這兒，你就當成自己家一樣，需要什麼只管說；我不在的話，就跟拉迪說也是一樣的。在我這兒，不管你是用真名還是假名，你們都是我的朋友。」

圖魯克笑呵呵地說著，又趕緊再介紹了一下拉迪，「拉迪是我的私人助理。」

這周宣和魏曉雨早就知道了，在來時的飛機上，拉迪自己早介紹過，圖魯克這樣說，看起來有些語無倫次，看得出來，他是真高興。

周宣點點頭，又說道：

「圖魯克先生，這樣吧，你派兩個人開車帶我去一下別墅對面那個山頭，我想去那裏檢查一下，看看有沒有什麼線索。」

對這件事，周宣覺得很奇怪，因爲那個殺手所射擊出來的子彈有能量，就跟他的異能一樣，只是，能量在離開宿主本身後，又怎麼還會存在在另外的物體中？

而且那子彈射穿防彈玻璃窗後，一個保鏢中彈死亡，剩下還有八槍，八顆子彈打在了牆壁上，但周宣現在探測時，卻發現那些子彈竟然消失了。

無影無蹤，就好像汽化了一般，當時因爲情急，又很緊張，所以周宣就沒有注意到，現在再回想起來，馬上運異能探測時，卻發現那些子彈已經消失了，而那個死者胸腔的傷口裏，也探測不到子彈的存在。

周宣表情凝重起來，想了想又道：

「圖魯克先生，以你的身分，我想你與國內的科研機構肯定很熟吧？能不能把剛剛中槍的那位死者讓他們檢測一下，因爲狙擊殺手射擊的子彈，都在幾分鐘內自動消失了，這倒是很奇怪。」

圖魯克一怔，詫道：「還有這樣的事？」隨即請周宣和魏曉雨兩個人一起上去。

到大廳後，他的手下已經把那個死者包裹好抬上車，廳裏地板上的血跡也擦得乾乾淨淨

的，不過玻璃窗對面的牆壁上還有八個子彈孔。

這牆壁都是厚實的水泥混鋼材澆鑄的，子彈很難打進去，除非是那種穿甲彈，不過穿甲彈不可能做得如同步槍子彈一般小，所以說，只要是槍一類的子彈，不管哪一種，都不可能穿得透水泥鋼材牆壁。

而這牆上的子彈孔，看得出來，黑洞洞的，看起來就有幾十公分深，這是子彈射進去的嗎？

圖魯克雖然對槍械不太懂，但見過槍彈打在牆壁上的情況多了，可從沒見到過手槍或步槍的子彈能射進鋼筋混凝土牆壁裏這麼深的。

聽周宣這麼一說，圖魯克醒悟過來，馬上命令幾個手下：

「你們馬上找工具把牆上的子彈洞挖開，把子彈找出來。」

雖然聽周宣說子彈消失了，但圖魯克仍然命令著手下。親王一聲令下，手下只能照辦，不會問為什麼，找不到子彈是另一回事。

周宣又仔細探測了一下洞口裏有沒有殘留物，結果依然一樣，連一丁點的碎屑都沒有，就更別說子彈了。

在國內，周宣遇到的第一個會異能的就是馬樹，雖然他後來得到了異能，但已經被自己解決掉了，之後，哪怕是到天窗洞底看到飛碟，也沒有再遇到真正會異能的人。

這令周宣產生了一種錯覺，茫茫人海中，在這個地球上，似乎就只有他一個人是擁有異能的人。看來，這個世界上還有跟自己一樣擁有異能的人，只是不知道這個人的能力大小，是什麼樣的能力，這些都讓周宣有些忐忑不安。

因爲失去記憶，讓周宣少了許多經驗，也同時讓他少了許多冷靜沉著的性格，對於未知事物，所有人都一樣是害怕的心理，周宣也不例外。有時，他會擔心自己對付不了，從而讓曉雨跟著受到傷害，無論如何，他不能讓曉雨受到傷害。

子彈已經找不到了，現在只能從對面的小山上去找找看線索，別人或許認爲那殺手肯定不會留下什麼痕跡，但周宣出於對自己異能的感覺，他有信心，就算是什麼都沒留下，但只要讓他在那裏待一下，周宣的異能就能測到一些影像。

不過，如果那個人是真有異能的人，那他也不敢肯定自己就能探測得到。

周宣尋思了一陣，然後沉沉地對圖魯克說道：

「圖魯克先生，我想，還是先到對面的小山上，看看找不找得到殺手的線索，你派兩個人跟我一起去吧。」

圖魯克點點頭，不過現在周宣不在身邊，他有些害怕出去，想了想就說：

「也好，我派兩個人跟你過去，我還是回地下室等你回來，再一起回親王府。」

周宣也不多說，魏曉雨挽了他的手臂也跟著去。

因為需要翻譯，所以易欣自然也得跟去，雖然有些害怕，但因為高額薪水的誘惑，又出於對周宣的信任，所以仍鼓著勇氣跟著去了。

圖魯克安排的兩個人，開著一輛裝有防彈裝置的六人座麵包車，兩個保鏢一人開車，一人坐他旁邊，周宣魏曉雨還有易欣三個人坐後面，沿著草坪上的小公路開過去。

不到兩分鐘，便開到了小山腳下，上山沒有車道，只有幾條石梯路，小山上綠被蔥鬱，槍手倒是很容易可以藏在樹林中，最關鍵的是，兩者距離隔了三千米以上，這麼遠的距離，無論是誰也防不到。

那些國際級別的保安防護，通常保護圈也只有一千五百至兩千五百米的距離，兩千五百米已經是極限了，狙擊手的距離一般不會超過這個遠度，就算用火箭筒，也遠遠達不到這個距離，能射上兩三千米以上的，要算重型武器了，但在軍管如此嚴厲的地方，私人是不可能帶得進來的。

保鏢把車停在山腳下，然後五個人徒步上山，小山並不高，不過一千來米，從山腳下沿石梯走上去，半個小時就夠了。

周宣運起異能全力探測著，搜尋著那個槍手的氣息。

小山一共有四條上山的路，不過，面對著圖魯克別墅的方向就只有一條。他們五個人便沿著這條石梯路上去。

要是讓他們寸土不放過的上山搜尋，自然是辦不到的，即使一個星期都沒辦法，不過周宣審試了一下這邊和別墅那邊的方向及子彈洞口的平行度，子彈從玻璃窗上穿進去後，射在牆壁上的洞與玻璃窗上的洞稍稍低了些，這說明在山上的地方，要比對面的別墅窗口的高度要略高，但又不會太高，太高的話，子彈射進房內後就會更低。

從這個角度往回看，周宣目測了一下，然後確定了殺手在小山的高度位置，大概是從小山腳處向上六十米的地方，因爲山腳處比別墅低了許多，並不是平行的。

到了六十米的山路處，周宣停了下來，其他幾個人自然也停了下來，易欣臉色蒼白，身子微顫，有些害怕，躲在周宣和魏曉雨身後。

周宣一邊走下石階路，一邊望著別墅，這個高度應差不多了，然後就是找到面對別墅玻璃窗的位置。

周宣向左在小樹林中穿行了一百來米，便選定了一個地點，伸手攔住了其他人跟過去，倒不是怕有什麼危險，而是怕他們破壞了現場的痕跡，淡化了影像的氣息。

不過他這麼一伸手，倒是把那兩個保鏢和易欣嚇到了，趕緊各自找了藏身處，躲在樹幹後四下裏打量觀測。

周宣淡淡一笑，說道：「好吧，你們就在這兒。」

魏曉雨看到周宣這個表情，就知道這裏肯定是沒什麼危險的，再說，以常識來講，狙擊手在任務完成後，不論成功或失敗，都會立刻離開原地。

狙擊手最讓人害怕的是，在他們做了大量的偵察和準備後，幾乎都是一擊命中目標，不會給你任何機會。因此圖魯克的確十分幸運，因爲周宣異能的提前預知，所以圖魯克才能幸運地逃過一劫。

周宣異能探測不到什麼，只是從對面別墅中槍的位置來估測大約的位置，然後就在那兒仔細搜索。

周宣在一片草叢地前停了下來，看了一陣，然後蹲下身子，輕輕扒開面前的一個草叢。在草叢中，兩個相隔二十釐米遠的小印痕露了出來。

這是狙擊步槍的腳架留下的痕跡，周宣當即又運起異能探測起來，腦中得到的影像卻只是一團白霧，就像一個人形一般，卻看不出影像。

這個人身上確實有異能，但是周宣不能肯定這個人擁有什麼樣的能力，射擊出了九發子彈，但在現場卻找不到一粒彈殼，彈頭都能消失不見，周宣便知道這個殺手不可能會在現場遺留下彈殼來。

在這個地點停留了幾分鐘，周宣異能再也探測不到其他東西，不過雖然探測不到有用的影像，但周宣還是有收穫，至少肯定了這個人是擁有特殊能力的人，而且子彈是經過特殊質材做出來的，射擊後會在幾分鐘內就自動消失。

周宣沉吟半晌，站起身來說道：「走吧，回去吧。」

回到別墅的地下室後，圖魯克顯然十分期待結果，急切地問道：

「周先生，有什麼線索沒？」

周宣沉吟了一下才回答道：

「圖魯克先生，線索我倒是找到了一點，但還不十分清楚，目前來說，也只能這樣辦了。」

那兩名保鏢和易欣都有點奇怪，在小山那裡，他們幾個人都是盯著周宣的，那兒什麼也沒有，周宣也就是在那兒蹲下來摸了一下草叢而已，能有什麼線索？

周宣沉聲道：

「這個人，身高大約在一米八七左右，阿拉伯人普遍身材沒那麼高，所以我猜測應該是外國人，因此應該特別注意最近出入拉巴特的外國人士；此外，注意查看行李，這個殺手的狙擊槍設備精良，就算拆下來散裝，應該也有一個不小的箱子，通過這些特點去搜索，也許可以找到這個殺手。」

圖魯克皺了皺眉，拉巴特是摩洛哥的首都，人口有八十萬，要找一個人十分困難，但周

宣說得也不無道理，如果是一個身高一米八七的外國人，確實也很顯眼。

想了想，圖魯克便命令手下：

「馬上聯繫哈特局長，把周先生說的兇手特徵記下來，你們協助警局的特勤人員，秘密在各大酒店旅館搜查，不過切記不要打草驚蛇。」

把一切都安排好之後，圖魯克便整裝返回親王府。

圖魯克十分小心，讓周宣跟他一起坐同一輛車，魏曉雨自然也跟周宣一起。

圖魯克的親王府就不是遇襲的那棟別墅可比的了，簡直就像一座城堡一樣，要想在別墅那裡那樣再進行狙擊的話，肯定是行不通的。

因爲親王府外沿是如城堡一般的建築阻隔住，而且還有大量的保鏢守衛，圖魯克本人居住的內宅，在最核心地帶，就算是穿甲彈，也穿不了這麼深。

許多人見到圖魯克親王親自把周宣和魏曉雨兩個人領到內宅，又安排了內宅的屋子給他們，不禁都驚訝不已。

圖魯克親王安排了一頓極爲豐盛的晚餐，晚餐後，周宣便跟魏曉雨告辭回自己的房間。還沒進屋，周宣便忍不住抱起魏曉雨軟滑幽香的身體，一步一吻的回了房。

一番雲雨之後，魏曉雨摟著他，正甜美的睡著，周宣卻一點睡意都沒有，不知道爲什麼，看著魏曉雨絕美的容顏，周宣可以確定自己是愛她的，卻總是不時隱隱會有一絲心痛。

既然想不通，周宣努力的拋開這個念頭，開始思索起刺殺圖魯克親王的那個殺手。這個人的能力與自己的遠爲不同，但到底是什麼能力，他卻搞不清楚，得到的影像就只有那個人形的白霧體，就差那麼一點，硬是看不到他真切的面貌。

再來就是那個殺手的子彈，那些子彈裡含有特殊的能量，擁有這種能量的子彈，要比普通子彈更堅銳強勁得多，否則是鑽不進鋼筋混凝土的牆壁的。

但是擁有能量，在射出後又能在幾分鐘內消失的東西，令周宣百思不得其解，周宣一邊想著，一邊又尋思自己的異能有沒有這樣的能力呢？

太陽烈焰的能量可以熔化一切，但恐怕也沒有辦法把能量注入在離開自己身體的物體中吧？有哪一種能量是可以注入實體中，離開自己的身體後又還能存在呢？

周宣忽然想到，自己的冰氣異能倒是可以凝結成實體，太陽烈焰的超高溫凝結不了，只能熔化，但極低溫的冰氣異能卻可以把其他物體凝凍成堅冰，當然，堅冰溶化後，裡面包裹的實體還是存在，但如果是用液體呢？

一想到這裡，周宣忍不住一喜，差點就跳了起來。

在這一刻，周宣抑制不住的想測試一下。周宣把大燈關掉，到書桌邊開了一個小燈，燈光暗了許多。然後從杯子裡沾濕了手，把水滴聚到掌心裡，運起冰氣異能把水凍結成堅冰，再把堅冰轉化吞噬成一個子彈的形狀。

因爲運用的冰氣異能加強了低溫，所以這顆堅冰子彈頭硬度極高。周宣把這顆子彈拿到手上慢慢的觀察著，因爲溫度太低，手指上的體溫影響不了半分，子彈絲毫沒有溶化的跡象。

如果把這顆堅冰子彈頭凍結到有火藥的子彈中，然後經由步槍或者手槍射出來，那麼這顆子彈就同樣擁有今天那個殺手射出的子彈一樣的作用了。

周宣爲自己的發現激動起來，要是用這樣的子彈射殺目標，只要射擊的時候，自己把堅冰的溫度升高一些，那麼子彈在射出後，就同樣可以在幾分鐘內溶化掉，不會留下半分痕跡。

不過在沒有測試的情況下，周宣並不知道自己的這種堅冰子彈有多大的威力，又能射進多硬的物質之中，不知道鋼筋混凝土的結構射不射得進去？

當然，再硬的物質，只要屬於地球上的東西，周宣都可以用異能將它轉化吞噬掉，而這顆堅冰凝結的子彈，是不是也可以把異能注入在其中？

周宣想了想，便將異能灌注在其中，但手一拿開，異能便消失了，再注入其中，再拿開又消失了，無論如何，只要手一離開，灌注在其中的異能便消失了。

看來這個難度還很大，不過周宣並不洩氣，反正晚上也沒事，時間多的是，慢慢試驗也沒關係。

周宣摸著頭，發了一會兒怔，因爲異能不能像凝結成冰塊那般凝結起來，如果能把異能凝結成獨立的一個個體，那就可以把異能灌注到子彈頭裡了。

周宣一想到這個問題，當即不再把異能灌注到子彈裡，而是想辦法來把異能凝結成與身體裡的異能不相關聯的獨立體。

試了半天，凝結冰氣異能倒是沒問題，但一斷掉與身體裡的異能的聯繫，凝結成的異能獨立個體立馬消散。

周宣惱怒起來，恨不得把太陽烈焰運起來爆發一陣，但又怕驚醒魏曉雨，還是忍住了，慢慢把惱怒之氣定下來，再端起杯子喝了一口水。

放下杯子時，他把手指上沾的一滴水彈到半空中，異能一甩，把那滴水珠變成了堅冰。

在那一瞬間，周宣無意中探測到那顆堅冰裡，自己的異能竟在裡面旋轉，不禁呆了一呆。

堅冰裡的異能就是與自己身體裡的能量沒有任何聯繫，做了半天試驗都沒能夠做到，卻沒想到無意中竟然成功了。

周宣醒悟過來，趕緊又運起冰氣異能再凝結，一斷開與身體的聯繫時，那異能體卻又消失掉了，奇怪之下，再看看掉在地上的那顆有自己異能的堅冰，那顆冰塊把堅硬的地板都咖

穿了一個洞。

從這一點周宣知道，含有異能的獨立物質是具有強大的殺傷力的，如果再把運行的速度加快加強，那殺傷力就無法想像了。

不過周宣感覺到不可思議的是，明明這顆堅冰上的異能都成功的凝結住了，爲什麼現在再次做又不行了呢？不可能是自己異能不同，或者強弱的原因吧？

一想到異能不同，周宣倒是呆了呆，再趕緊測了測堅冰中所含的異能成分，一探測時，忽然間明白是什麼原因了。

原來周宣一直摒棄了太陽烈焰的能量，只用冰氣異能在做試驗，所以無法成功，而剛剛那一下無意運作時的異能，卻是兩種異能混合在一起，並結合著身體呼吸法，所以那一下成功了；再回過頭來凝結時，沒有想到那上面，所以便無法做成功。

一想明白了原因，周宣趕緊把異能在身體裡運轉了幾圈，然後把混合的異能凝結起來，然後斷開與身體的聯繫，那些異能個體果然完好的存在著。

周宣心裡一喜，然後把杯子裡的水轉化成堅冰，再凝結成一顆顆的子彈形狀，因爲使用意念，所以冰塊子彈隨著意念產生，一顆顆跟用模具做出來的一樣，大小也相同。

看著桌上自己用異能凝結成的十多顆堅冰子彈，周宣再把異能凝結成一丁點的獨立體灌注在子彈裡面，立即就能感覺到，這些子彈便像有活力的東西一樣。

因爲沒有槍，也沒有真的子彈，沒有含有彈藥的彈殼，所以沒辦法製造出真的堅冰子彈，周宣想了想，拿了一顆堅冰子彈夾在手指間，然後曲指一彈，把子彈彈向地板。

「撲哧」一聲輕響，那堅冰子彈一下子鑽進地板中，深深的透進地下，用異能探測，這顆子彈竟然鑽入地底下深達兩米。

周宣呆了起來，隨意之下的試驗竟然這麼犀利，那要是換成了裝上彈藥的真子彈，那這顆堅冰子彈射出去後會有多大的威力？

第七十八章

狠角色

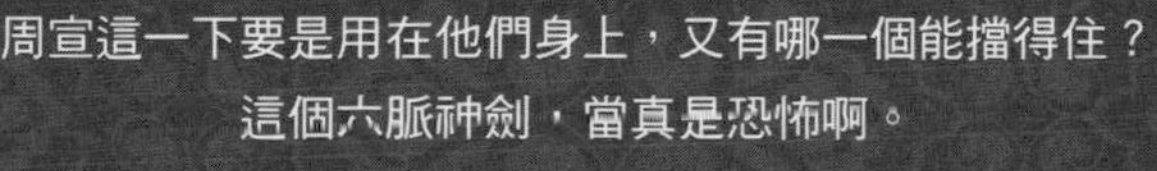

周宣這一下要是用在他們身上，又有哪一個能擋得住？
這個六脈神劍，當真是恐怖啊。
周宣看了看胡山等人的表情，這些人都是狠角色，
不是真能嚇到他們的能力是辦不到的，
顯然周宣的能力是真嚇到他們了。

周宣這一晚都處在興奮之中，凝結異能到子彈裏，試驗已到達隨心所欲的地步，如果不是擔心魏曉雨，怕把她吵醒，只怕早就讓圖魯克親王給他準備一些槍械，自己來測試一下這些異能灌注的堅冰子彈了。

再看看魏曉雨，一半青絲遮著半邊面容，極是誘惑，當即悄悄上床，伸手摟著她，魏曉雨自然而然地便伸臂環繞著他，臉蛋貼在胸膛上，睡容更是甜美。

好不容易等到天亮，漱洗後，圖魯克的管家派人把精美的早點送到周宣房中。

在圖魯克的親王府，因爲下屬僕人太多，在阿拉伯國家的等級又分得很嚴，圖魯克府中的上上下下有無數個等級，不同級別的待遇也是不同的，周宣和魏曉雨的待遇在親王府算是最高級別的客人了，每天的飯菜飲食，圖魯克都派了專人侍候，而且跟自己的一樣，還特別爲他們倆請了一個中國廚師。

吃過早餐後，周宣就讓易欣給圖魯克親王翻譯，表示自己要試用槍械，圖魯克二話不說，當即命保鏢頭領，也就是他的保安隊長伊卜拉希・胡山來陪同周宣。

圖魯克親王的護衛隊在親王府的前院地下室中設有專門的練槍室，以供他的衛隊們練習槍械技術等等。

保安隊長胡山曾經是特種部隊的精英，但因爲違反軍規而被開除軍籍，因爲身手高強，被圖魯克看中並招納到旗下，因爲年頭很久，將近十年的時間，也曾在危險中救過圖魯克數次，生死的交情，所以也極得圖魯克的信任，到後來，更是委任他為親王府的保安總管，掌管所有的保鏢。

周宣要測試槍械，圖魯克便讓胡山來招呼他，還特地關照了一下，讓胡山優待一些，周宣要什麼就儘量滿足他，如果他辦不到的，就彙報給自己。

胡山四十歲，身高一米八五，在阿拉伯人中，算是很高大的，在軍中又練就一身硬功夫，孔武有力，槍法極準，在數十名保鏢中，槍法排在第二，僅次於一個叫莫特的義大利人，那個莫特，身分也極為神秘，也極得圖魯克的信任。

胡山在昨天晚上就聽手下說了周宣的事，心裏半信半疑的，他沒有親身在別墅中見到，所以有些不大相信，按常識來說，一個人的拳力再厲害，也不可能將混凝土打出一個深洞來啊。

而且，胡山對圖魯克雖然絕對忠心，但這麼多年來，也養成了他的嬌寵性格，在親王府，除了圖魯克親王本人，在所有的下屬中，他是絕對的NO.1，絕不容許有人來挑戰他的權威地位。

周宣似乎就有那種可能了，才來第一天，竟然就得到了圖魯克親王最高規格的待遇，縱然親王沒有說會讓周宣取代他，成為親王府的第一號護衛人物，但胡山覺得他已經受到了威脅，應該對周宣暗示一下，讓他低調做人。或者自己給他一個下馬威，讓周宣吃點苦頭，讓

他明白，自己才是親王府的護衛一號，要想在親王府混下去，那就得一切唯他馬首是瞻。

胡山一晚都在尋思著要找什麼機會來教訓一下周宣，沒想到一大早圖魯克就叫他安排周宣試槍械，機會還真是說來就來了。

胡山皮笑肉不笑地帶著七八個衛士，其中還包括那個槍法最厲害的莫特，一行人陪著周宣和魏曉雨來到地下室。

地下室極大，差不多有三千平方，另一邊是車庫，槍械訓練場設置得也很先進，一應設備都是按目前最先進的等級來設置的。

周宣對槍械和槍法都不懂，他要練槍，只是想測試一下他的異能子彈，看看有沒有那個殺手所用的那種子彈的功效。但周宣絲毫沒有遮掩興奮衝動的表情，讓胡山一夥人都誤會了，以為周宣是要在他們面前故意顯擺，露一手槍法，向他們示威。

在胡山看來，其實昨天晚上，周宣就應該對他們有所表示了，不說其他的，至少要打個招呼吧，但他一晚上都沒動靜，顯然周宣根本就不屑他的權威，這可是胡山絕對無法忍受的。

在寬敞的地下室中，胡山等七八個人對周宣的表情都有些不以為然，在極講資歷的年代中，忽然冒出一個人來，並得到了比他們拼命好幾年才得到的待遇，這讓他們情何以堪？

再說，他們也沒有親眼見到周宣有什麼強過他們的本事，看周宣的身材和動作，也都是很普通的樣子，就更加有些心有不服了。

胡山一招呼，立馬就跟過來準備要出一下周宣的洋相了，讓他在親王府丟大面子，以後圖魯克親王就不會再對他那麼特別了。

不過，對於魏曉雨，這些人又是另外一種不同的想法了，他們沒想到周宣會有一個這麼絕頂漂亮的妻子，雖然魏曉雨是典型的東方美女，與西歐和阿拉伯的美女標準不同，但只要是美女，哪怕人種相貌各有區別，還是會獲得青睞的。

胡山手底下的那些護衛，基本上都是來自於各個國家中的精英人士，都是桀驁不馴的狠人，看到周宣便毫不掩飾的露出挑釁的表情，看到魏曉雨時，臉上的眼神則是讚嘆。

對這個，周宣倒是沒有太多的惱怒，不是對這些人有所畏懼，而是他早過了輕易動怒的年齡了。雖然失去記憶，但他知道，魏曉雨又不會去喜歡這些人，何必為了這種小事而動怒呢？

魏曉雨怎會不懂這些人的眼神和想法？要是以前周宣沒有反抗能力的時候，她會毫不猶豫地跟這些人動手，讓他們吃吃苦頭，為愛人出口氣，但現在她知道，周宣的異能完全能控制這些人，也遠比她的身手要厲害得多。

說實在的，周宣的能力已經不是一般武術能夠對抗的了，所以魏曉雨並不擔心，反而更

想讓這些人跟周宣動手較量，在周宣手中，他們只會栽得更狠，不過周宣的心地或許要比她軟一些。

胡山嘿嘿笑了笑，手一招，幾個手下便拿來了數十支長短槍，還扛了一大箱子彈出來，擺在面前。

易欣站在魏曉雨身邊直皺眉，看得出來，胡山對周宣不存好意，她雖然跟周宣和魏曉雨相識才短短一兩天，但對他們兩個卻很有好感，加上又都是中國人，自然胳膊不會向外彎，當下悄悄地對周宣說道：

「周先生，你要小心些，他們……他們是想出你的洋相。」

周宣一怔，隨即笑笑點頭道：「我知道了，謝謝你。」

說實在的，周宣確實沒想到這方面去，一心只念著他的異能子彈，聽易欣這樣一說，又看了看胡山那一幫人的表情，不禁嘿嘿一笑，心想既然他們要挑釁，那他可就不客氣了。

要在圖魯克親王這裏立住腳，站穩腳跟，也為了以後讓曉雨過得更好一些，還真得在這些人面前立立威。看他們的表情就知道，他們信服的就只有強者，對付文人，你得比他更有知識；對付武人，那你的拳頭就只能比他們更硬，他們才會服你。

別看他們一個個兇狠狠的，武人比文人們性格要耿直得多，如果真心服了一個人，那就是真服，不服就是不服，沒什麼好說的。

看到手下們把槍枝彈藥都擺出來了，胡山笑呵呵地道：

「周先生，你要試槍械，要怎麼試？我這些兄弟可個個都是好手，要不要教教你？」

這話說得極盡挑釁意味，也極囂張。

周宣笑了笑，攤開手道：「我其實對槍一點也不懂，摸都沒摸過，我要試槍械，只是想要測試一下我特殊製造的子彈，僅此而已。這些槍，說實在的，我除了知道叫手槍步槍的名字之外，其他的一點也不懂。」

胡山等人聽到周宣一開口就示弱，頓時哈哈大笑起來。

魏曉雨面色一沉，當即幾步跨上前，雙手拿起槍，先劈哩啪啦一陣拆了，然後又迅速地組裝好，再喀嚓上好彈匣，對著一百米外的靶心，把手槍裏的子彈一次打完，連瞄都沒瞄一下。

把子彈打完後，扔了手槍，再拿起半自動步槍，極爲嫻熟地裝彈，開槍，把彈匣裏的子彈又打完，接著再拿槍裝彈射擊，直到把面前的所有槍枝都射擊了一遍。

魏曉雨這一手，當即讓胡山等人震驚得目瞪口呆起來。

當然，他們被震驚到，並不是魏曉雨會開槍，而是她對所有槍枝的熟悉和熟練程度，再就是準頭的震驚，因爲魏曉雨的子彈射出後，每一顆子彈都射在了百米外的靶心中。

魏曉雨射擊完後，當把手裏的槍一扔，淡淡一笑，隨即回到周宣身邊，對胡山等人道：

「我的槍法是跟我丈夫學的，你們比他如何？」

易欣這時倒是放心下來，不動聲色地對胡山等人翻譯過去。胡山八個人當即愣了起來，面上儘是訕訕的表情。

他們雖然狠，雖然傲慢，卻絕不打腫臉充胖子，比別人差就是差，魏曉雨這一手嫻熟至極的裝拆槍枝手法及超準的槍法，他們之中沒有一個人能及得上，包括莫特和胡山這兩個槍法最強的人，都及不上魏曉雨，又聽到易欣翻譯的話，說魏曉雨是跟周宣學的槍法，那看來周宣就更是深不可測了，能比魏曉雨還強的槍法，他們自然是更加不及了。

魏曉雨又趁機說道：「各位，今後大家都是在親王手下做事，我先生練過一些武術，大家有沒有興趣互相交流一下？」

胡山眼珠子一轉，往旁邊的一個護衛一眨眼，那個護衛當即走上前，對周宣嘿嘿一笑，說道：「周先生，我來跟你試試身手，那個用中國話叫……叫什麼來著？」

周宣淡淡一笑，說道：「叫『切磋』，在我們中國的話，就是這兩個字。」

「對對對，我以前在法國，跟你們中國的一個開武館的武師交過手，他就說了『切磋』這兩個字。不過，嘿嘿，他的中國武術練得不怎麼高明，我聽說你們中國有什麼『少林』、『武當』的，武術很厲害，一直想見識見識，不知道周先生與這兩個名字的武術有沒有關係？」

那個護衛接著又說道，不過話意中多是嘲弄的意味，極盡譏諷中國武術。

周宣嘿嘿一笑，「我學的只是『武當』的一點皮毛功夫，既然你很想試一試我們中國的武術，那我就成全你吧。」

那護衛哈哈笑了起來，然後脫了外套，裏面只穿了一件背心，兩條臂膀上的肌肉迸露，雙手互動之時，「喀吧喀吧」聲如炒豆般響個不停。

易欣又為周宣擔心起來，這個護衛是圖魯克親王手下中，力量最強的一個人，能牛生劈斷磚頭，一拳能擊穿數寸厚的木板，按照中國的功夫來論，他這是外門功夫，如同鐵布衫、金鐘罩一樣，練到了很強的境界。

魏曉雨自然不擔心，她雖然比這個人的力氣弱了些，但真要對陣的話，這個人還不是她的對手，跟周宣相比，自然就更沒有半分機會了，周宣的能力，對於這些人來說，根本就是神跟凡人的區別。

周宣單薄的身子與那護衛高大肥胖的身材一對比，一高一矮，一胖一瘦，那護衛似乎有只要一伸手便能將周宣打翻在地的氣勢，嘿嘿一笑，又說道：

「我要出手了啊。」

眼看對手這麼弱，那護衛也不想用狠手，只要打倒他就算了，要是周宣現在主動認輸，那也可以放過他，所以在出手前先提醒他。

周宣笑了笑，用中國武術的禮數，雙手抱拳。那護衛更不遲疑，右拳嘿的一聲，直搗周宣左肩頭。

這一拳他只用了五分力氣，如果打實在了，只怕周宣會脫臼，甚至是骨折，肯定得躺個十天半個月的，也因爲他的拳力太沉，所以還留了五分沒使勁，而且打的地方是周宣的肩頭，打到也只會受傷，而不會有生命危險。

周宣見這個護衛對他手下留情，不想太傷他的顏面，手指一指，凌空指向那護衛的右肘，那護衛霎時間右手一冷，出拳的力度忽然消失，打到一半便無力地垂下，但周宣與他的距離還有一米之遠，並沒有碰到他。

拳力的消失讓那護衛只是稍稍遲滯了一下，然後再度用勁，不過再用勁的時候，他馬上就感覺到了，身上的勁力只運到肩部，無論如何都運不到手臂上去了，仿若肩膀以下之外的地方都不屬於他身體的一部分了。

那護衛大吃一驚，因爲沒瞧清周宣是怎麼做到的，當即退開一步，睜大了眼睛盯著周宣，再運勁到左手上，一拳再擊向周宣，這一拳便注意了些，而且力度同樣沒使完，甚至更減輕了一分，只使了四分力道。

周宣嘿嘿一笑，同樣再伸手指對準那護衛的左手肘部凌空一彈，那護衛這一次見得清清楚楚，周宣的手指是對著他肘部彈了一下，然後左手霎時間又無力垂下。

那護衛大驚不已，想也不想地便趕緊直往後退，一連退開了四五步，然後站定了盯著周宣，彷彿像看一個怪物一般。

站在一邊的胡山等人都盯著周宣，清楚地見到周宣伸指凌空彈動，但並沒有其他動作，不過護衛在周宣伸指彈動的同時便莫名其妙地退下了，倒是奇怪起來，雖然沒有身同感受，但也知道肯定是有不妥。

那護衛雙手軟弱地垂著，一點力量也使不出來，卻又沒有半點疼痛的感覺，只是無力而已，彷彿是上了麻藥一般。

那個護衛退開後，站在當場驚疑不定地盯著周宣的雙手，只見他雙手空空如也，沒有任何武器，那自己手上冷冷的感覺到底是什麼東西？

周宣又嘿嘿一笑，伸手指再彈動幾下，這一下隔得更遠，兩者之間差不多隔了三四米，但周宣手指一動時，那護衛一雙手便忽然又能動彈了，運了運勁，力量如初，沒有半點不適的感覺。

周宣自然是用冰氣異能隔空制住了那護衛，但周宣做出來的動作像是故意扮成了點穴的樣子，用中國最神秘的點穴術來堵住這些人的嘴，是最好的藉口。

說實在的，那護衛完全相信了周宣的說法，不過在一旁看著的胡山等人都是有些摸不著頭腦，那護衛沒說半句話，只是右拳一拳打出，打到一半又退回來，然後用左拳打出，隨即

又退回來，然後一連退了五六步，那驚恐的表情讓胡山等人不知道是怎麼回事。

等到周宣把對那護衛的禁制鬆開後，那護衛一臉心服口服地說道：

「周先生，我輸了，不用再試了，十個我……不不不，就是一百個，一千個我都不是你的對手。」

易欣雖沒有替周宣翻譯出來，但一旁的胡山等人卻是聽得明白，不禁吃了一驚，難道周宣就凌空伸手指彈了幾彈，便把他嚇到這個程度？

胡山皺了皺眉頭，然後走上前說道：

「周先生，你用的是魔術還是暗器？」

胡山說這話的意思，明顯是懷疑周宣在暗中使用什麼武器，最有可能的就是麻醉槍。但也只是懷疑，因爲他們都是用槍的老手，就算手槍加了消聲器，還是會有一點聲音。可是剛才，他們沒有一個人聽到這樣的聲音，所以才感覺到奇怪。消聲器做得再好，也不可能一點聲音都沒有。

易欣把胡山的話向周宣翻譯了一遍，周宣笑了笑，然後學著那護衛的樣子，把身上的外套脫下來，然後遞給魏曉雨拿著，裏面穿的也是一件露肩背心，光著膀子，下身的褲子裏和腰間都可以明顯地看到，並沒有隱藏什麼武器。

周宣這才說道：「各位，我剛剛用的就是中國的武術，點穴術。」

「點穴術？」

胡山幾個人都是震驚不已，這個功夫他們雖有聽過，但顯然是屬於傳說中誇大的說法，就跟中國傳說中的「劍仙」一樣，不能當真。但現在聽周宣這麼一說，倒是讓他們半信半疑起來。

那護衛見胡山等人似乎不信，便趕緊對他們解說起來，一邊解說，一邊還用雙手做著動作，把剛才自己跟周宣動手的感覺一五一十地說出來。

胡山等人又驚又疑，那護衛肯定不會騙他們，而且他們是在場親眼盯著的，只是沒有親身感受到而已。

周宣呵呵笑道：「呵呵呵，中國的武術，我其實只學了一點皮毛而已，不過我本人覺得夠用了，我還學了一種叫做『六脈神劍』的功夫，各位想不想見識一下？」

周宣隨便又瞎扯了一種功夫出來，這還是他看小說《天龍八部》時，印象比較深的一種功夫，當時便在想，世上要真有這麼神奇的功夫，那該多麼有趣，多麼令人嚮往啊。

不過拿到現在，六脈神劍的功夫再神奇，還不如自己的異能，小說中的六脈神劍隔空點穴，也不過是幾米之遠，而自己的異能，是能控制到五十米的範圍，凝成束，更是能遠達兩百米之遠，而且，只要在他能力控制的範圍內，不論有多少人，他都可以同時控制住，這個

功夫，遠不是六脈神劍的效用可比的了。

易欣不懂周宣說的意思，只是生搬硬套地把周宣的話翻譯過去，胡山等人聽了又是直發呆。

「六脈神劍？這又是什麼功夫？六支寶劍嗎？還有，皮毛又是什麼意思？」

周宣、魏曉雨以及易欣都不禁笑了起來。「皮毛」只是中國人謙虛的話，胡山不瞭解，還真是有趣。

胡山好半晌才問道：

周宣忍俊不禁地說道：「皮毛嘛，就是說，如果把中國功夫比喻成一個人的話，那我只學到這個人身上的毛髮表層，身體裏的東西，我還遠遠不夠，就是這個意思。」

胡山等人聽完易欣的翻譯後，這才「哦」的一聲，點了點頭，又問道：

「那六脈神劍呢？這又是什麼功夫？比點穴術還神奇嗎？」

「六脈神劍嘛，是與點穴術差不多的功夫，但更強更細一些。」周宣一邊笑著，一邊跟胡山等人瞎扯著，伸著手指做著動作說道：「人的手指，小手指叫少沖劍，無名指叫少陽劍，中指叫中沖劍，內家功夫把內氣通過身體裏的經絡運轉，然後從手指上射出來，就像這樣……」

周宣說著，就把左手小手指捲曲在大拇指處，然後一彈出去，小手指彈射的地方是面前的地板，沒有聲音響動，但就在周宣手指彈動的時候，地板上忽然就出現了一個手指般大、黑乎乎的小洞，卻不知道深有多少。

周宣這一手把胡山等人嚇得目瞪口呆，剛剛周宣的點穴術已讓跟他動手的護衛心服口服，但現在這一下，卻是讓胡山等所有人都嚇呆了。

這地板可是堅硬無比的混凝土再加地板瓷磚，就算是用手槍步槍射擊，也射不進去，最多是將地板射爛掉，但底下的混凝土卻肯定是射不進去。

其中的一個護衛蹲下了身子，用小手指試了試，剛好跟小手指一般大，探不到底，當即又去找了一條鐵絲，鐵絲長一米左右，不過，他把一米的鐵絲全部探測這個洞孔裏也沒有探到盡頭，一時間，八個人都直是咋舌。

周宣這一下要是用在他們身上，又有哪一個能擋得住？這個六脈神劍，當真是恐怖啊。

周宣看了看胡山等人，個個都嚇到了，這些人都是狠角色，不是真能嚇到他們的能力，是辦不到的，顯然周宣的能力是嚇到他們了。

「各位，我這六脈神劍是可以同時對付很多人的，你們八個人要不一起上吧？我跟八位切磋切磋？」周宣又呵呵一笑，對胡山等人示意著。

胡山一愣，瞧了瞧面前的那一個洞孔，臉上神色變了變，然後又瞧著身邊的各個同伴，

見每個人臉上都露出了懼色。

周宣說要用六脈神劍來跟他們切磋，他們皮膚再硬，也硬不過這混凝土啊，要是被周宣的六脈神劍射到身上，那還不是一個個的洞口洞穿身體啊？便是用最先進的防彈衣，只怕也是防不住的。

「不用了，不用了，我們也只是想看看周先生練練槍法，沒別的意思。」

胡山趕緊搖手拒絕了，他又不是瞎子傻瓜，親眼見到周宣這麼厲害的身手，要是自己還不知趣，硬要跟他對抗，那就真是死路一條了。看來昨天聽說的情形是真的，周宣的拳頭是真能把混凝土的牆壁打出洞來。

從一開始的囂張到現在的敬畏，周宣切實體會到了強者的暢快，一切都建立在實力上，你比人家強大，人家才會敬你怕你，如果你比人家弱小，自然得不到別人的敬畏尊重，得到的有可能還是欺凌。

有易欣在場，周宣便讓她翻譯，請她讓胡山叫幾個最值得信任的親信留下來，然後他需要他們來一同測試。

易欣聽了周宣的話，眼珠子一轉，然後把胡山叫到一邊單獨說了，要是當著眾人的面說，那些人或許就會對周宣有意見了，還是讓胡山來辦吧，他怎麼安排，那些手下也不會埋怨。

胡山這時對周宣的看法已經大為改觀了，不用再多想，趕緊叫了三個人留下來，其他人都出去。留下來的三個人，其中就有那個跟周宣動手的護衛，還有莫特那個神槍手，不過在魏曉雨面前，他覺得這個稱號已有些站不住了。

他們哪知道，魏曉雨是海軍特種兵裏精英中的精英，因為她還練了中國傳統的武術，再加上部隊裏的嚴格訓練，是以遠超過了一般人，胡山等人自然不知道，像魏曉雨這樣的人才，也是萬裡挑一的，可不是隨便就能找得出來。而周宣的身手，更是到了令他們心生畏懼的地步。

胡山留下的人，包括他自己在內，就只有四個人了，便對周宣說道：

「周先生，沒問題了，要怎麼測試啊？」

周宣看了看箱子裏面的子彈，步槍手槍，各式各樣的一整箱，於是便伸手抓了十幾顆出來，然後在這十幾顆子彈裏面注入了異能。

他把這十幾顆子彈放到一邊，又對胡山等人說道：「現在，你們先用箱子裏的其他子彈射擊牆壁。」

胡山怔了怔，牆壁太硬，子彈肯定射不進去，還有可能會反彈，不過周宣既然這麼吩咐了，照辦就是，只是把與牆壁的距離拉到五十米左右，這樣，那些子彈頭即使反彈過來，也沒有什麼力度了。

胡山一招手，另外三個人上前一起，有的拿手槍，有的拿步槍，四個人一起朝著牆壁一陣猛開槍射擊。

牆壁上火星四射，彈頭彈得滿地都是，不過卻沒有一顆射進了牆壁裏，牆壁上給子彈射得全是印痕，不過，就只是淺淺的印痕而已。

周宣等到他們把彈匣裏的子彈射完後，又擺擺手道：

「你們過去看一下，有沒有把牆壁上打出洞來？」

胡山四個人上前檢查了一遍，看得十分仔細，牆壁上星星點點，儘是子彈射擊撞擊的痕跡，打得跟麻子臉一樣，但卻沒有一個痕跡斑點超過了一釐米深。

回過頭來，四個人走回來盯著周宣，一陣亂槍掃射了混凝土的牆壁，有什麼用意？

周宣把那十幾顆注入了異能力的子彈又遞給四個人，說道：

「你們再把這十幾顆子彈射到牆上去，試試看會有什麼結果？」

胡山一邊拿子彈，一邊嘀咕著，這些子彈還不是從箱子裏拿出來的，又有什麼不同了？

第七十九章
堅冰子彈

周宣再把那些子彈前面的彈頭表層轉化吞噬了一圈，
接著，那些子彈就鬆動了，
周宣一顆一顆地把這些子彈頭從彈殼中取出來，
然後照著子彈頭的大小模樣，
將那兩塊冰塊轉化成無數顆堅冰彈頭。

四個人把子彈裝進槍裏面，然後並排站定，看了看周宣，胡山接著打了一個響指，說道：「射擊。」四個人便同時開槍。

不過這一次聲音小了很多，因為子彈總數只有十幾顆，四個人開槍，一人僅三四顆而已，幾秒鐘便射擊完畢。

在開槍的時候，胡山幾個人便覺得有些奇怪，這一次果然與之前的射擊有些不同，不過不是在槍枝裏射出時的不同，而是射到對面的牆壁上的響聲有些不同。

一開始的響聲很響，在地下室裏有很重的回音，而現在的槍響聲卻有些悶，好像子彈不是被反彈出來，而是射進了厚厚的布包裹著的東西裏面。

周宣異能已經探測得清清楚楚，果然如他所想，這些子彈射出去後，打在牆壁上時，就如同沒有阻攔一般地射進了豆腐中，在牆壁上一穿而進，深入牆壁兩三米。

周宣還估計著，這些槍因為不是特製的，如果使用專門的狙擊步槍，那估計會更遠，自己的異能終於得到了可以與那個神秘殺手射出的子彈一樣的效果來。

胡山四個人一溜小跑上前，到了牆壁邊一看，四個人都呆住了，十七個子彈，在這面牆壁上就找到了十七顆黑彈孔。跟周宣剛剛用六脈神劍射出來的洞孔一樣。

胡山終於明白周宣要測試什麼了，對周宣的敬畏就更強烈了，如果周宣要做這個保安隊長，要做圖魯克的左膀右臂，那他絕對爭不過，人家的實力太恐怖了，他根本就沒辦法抵抗，別說他一個人，就算是把親王府中的護衛全部集合起來，一起來對付周宣，也一樣對付不了。

別說周宣本身的可怕實力，就算是用這種子彈，在同樣的環境中，如果敵我雙方都躲在堅實的掩體後面，那擁有這種子彈，也算是擁有生命的決定權了。

普通的子彈打在掩體上射不進，打不穿，而特殊子彈卻能透過一兩米厚的堅實掩體，甚至是混凝土和鋼板穿透過去，把對手打死，這樣的對戰，勝負已經很明顯了。

胡山幾個人走了回來，臉上的表情儘是驚訝和無法相信，但事實又擺在面前，不相信也得相信。

胡山怔了片刻，然後才說道：「周先生，你這子彈是怎麼做的？不就是我們拿出來的子彈嗎？同樣的子彈怎麼就不同了呢？」

周宣捏了捏拳頭，淡淡一笑，說道：

「我把我練的內家功夫灌注在這些子彈裏面，其中的原因我也不明白，大概是這些子彈因而加強了分子密度吧。我猜想，昨天那個想殺親王的殺手，多半就是用了這種方法，因爲他的射擊點超過了三千米遠，而且還能穿透防彈玻璃，更射進了混凝土澆鑄的牆壁中，這跟我的想法差不多。」

胡山對昨天圖魯克遇襲的事當然很清楚，保護親王就是他的職責，如果親王真的遇害了的話，那他同樣也就失業了。

昨天圖魯克親王回來後，胡山就詳細詢問了跟著親王過去的護衛，把情況分析了一遍，對大概經過有了瞭解，只是想不透，有什麼狙擊槍能在射擊三千米遠後，還能射穿超強的防彈玻璃，最後射進牆壁裏，按照這個強度，就算再增加一千米的距離，那子彈依然還有足夠的力度殺死人。

胡山一邊通過警方來搜索兇手，一邊又思考著種種可能，可想了一晚上，也沒能想通，又托警局的朋友搜索有這種能力的殺手，得到的結果卻是，包括官方，目前世界上還沒有任何一個這樣的記錄。

但警局的朋友給了他另一個訊息，就是現在，傳說有一個叫「屠手」的殺手組織有這樣的能力，聽說「屠手」只要接下任務，無論有多難，他們都能夠完成。而且十分神秘，連最強大的美國特工組織都無法追蹤到。

聽說「屠手」接任務的方法，是通過國際上最臭名昭著的殺手中間組織「梯城」，只要把自己的要求、任務的難度及酬金的數目告知梯城，梯城方面就會回覆買家，告知有沒有殺手接下任務。

目前「屠手」接下的任務有二十七宗，每一宗都是轟動天下的大案，這二十七宗任務都成功完成，而世界各國的反恐組織都追蹤不到「屠手」。

在世界殺手組織的排行榜上，「屠手」以短短三年的出道時間，二十七宗任務，百分之百的成功率而名列殺手榜第一。

胡山猜測殺手很有可能就是「屠手」，卻也不敢肯定，因爲梯城方面並沒有屠手接下任務的消息傳出來。

而且，昨天出手的如果是「屠手」的話，又怎麼會失手？如果失手，就不是成功率達百分之百的「屠手」了。

胡山最想不通的地方就是，爲什麼殺手的子彈會莫名消失了？從三千米以外的距離射過來，穿透超強的防彈玻璃，再射進堅實的鋼筋混凝土牆壁裏，偏偏最後子彈還莫名地消失，這些疑點卻都跟他朋友傳來的「屠手」的二十七宗現場相似。

胡山等人對周宣的敬畏之心更加強烈，不過，同時也有些懷疑了。

「屠手」接下的任務中，每一件案子現場都沒有留下任何的線索，死者身上只有槍傷，卻沒有彈頭。現在，同樣不可思議的事情又發生了，但做出來的人卻是周宣，會不會周宣就是那個殺手？

但這個念頭馬上就被他否決了，他想的到，那別人自然也想的到，周宣會傻到故意讓圖魯克親王來懷疑他？

當然不可能，再說，周宣當時也在現場。又聽說周宣是親王在中國的好朋友的親戚，又怎麼可能來殺親王殿下？何況，親王如果出事，對他也沒有半點好處。

周宣笑呵呵地對胡山說道：

「胡山先生，麻煩給我一些你們使用的狙擊步槍和手槍的子彈，我閒著沒事，正好可以替你們改造一些子彈，在同樣的環境中，我們的子彈會比對方的更強，那自然就處於上風了。」

胡山大喜，當即招呼幾個手下，把他們使用的手槍所需要的子彈拿了一大批出來，然後又挑了上百顆狙擊槍的子彈，總共差不多有三四百顆。

剛剛他們親眼看到周宣改造過的子彈的強大威力，這一顆小小的子彈，可是比那些穿甲彈更有穿透力，在平常的槍戰中，無論如何都不大可能會有兩米厚以上的掩體吧？普通的手槍步槍射擊出來都能深達幾米以上，而且是最堅實的鋼材混凝土的牆壁，這簡直就是不可思議。

胡山解釋不出來，只能把這事歸結於周宣東方人的特有神秘中，聽到周宣說要替他們改造子彈，自然是欣喜不已，所以急切地把子彈挑出來。

周宣微微一笑，又說道：「我需要把子彈拿回我的房間裏慢慢製作，這需要安靜的環境。」

胡山連連點頭，吩咐兩個手下把那些挑出來的子彈送到周宣房裏去，又安排了兩個手下看護。

心裏還是有些不放心，周宣住的地方可是親王府的後院，如果周宣真與那個殺手有關係的話，那可就危險之極了，加上這些改造後的子彈如此厲害，實在不敢想像萬一周宣是殺手的後果。

把周宣和魏曉雨送回房後，胡山來到圖魯克親王的內室，把情況向他彙報了一下，並把周宣剛剛要求的事詳細告訴親王。

胡山可不傻，圖魯克親王如此信任和看重周宣，要是周宣出了什麼問題，他可不會去負這個責任，再說，自己也已把周宣的行動都彙報給他了，出了事，他就更沒有責任了。

圖魯克親王聽了胡山的彙報，沉吟了一陣，然後說道：

「派兩個護衛暗地裏監視就行了，記著，千萬別露了形跡，讓他們起疑心，再來，就是把你們交給他的子彈數目記清楚，交回給你們時，要清點數目是否符合。」

說實話，圖魯克心裏也有幾分嘀咕，但他有九成以上的把握，周宣和魏曉雨絕對與殺手無關，拋開魏海洪的關係不說，如果周宣真是殺手，或者與殺手有關係的話，絕不會在胡山等人面前把殺手鐧——那些厲害的改造子彈交給他們啊。

想也想得到，這樣做，一來會引起自己的懷疑，二來把鉗制別人的秘密武器交出來，讓對方跟自己處在同一條線上，對他自己很不利啊。要真是那樣的話，昨天他不出手救自己，自己當時就已經給殺手幹掉了，又何必還在後面設置什麼圈套，那不是找事做麼？

所以，圖魯克並不太相信周宣會與殺手有關，但防人之心不可無，稍稍防範一下也是好的，只要不要讓周宣知道就好。

周宣又哪會不知道？異能的範圍，四周五十米全在他的監控之下，不過圖魯克的親王府占地極廣，橫豎綿延上千米，可不像小戶人家，要全部將親王府監控起來是不可能的。

建築物太寬太廣，有好處也有壞處，好處是對手不容易發覺目標究竟在哪裡，壞處同樣也很大，因爲腹地太寬了，所以更難監測管理。

周宣對胡山等人安排監視他的人沒有多想，只要他們沒對他做出無禮的事，那也不必要理會，換了自己，也一樣會這樣做，除非是自己完全信任的人。

易欣跟著到了周宣的房間中，打量了一下，不禁讚道：「周先生，你們的房間好漂亮。」

周宣淡淡一笑，房間漂亮，只不過是自己在親王的心目中分量重而已，如果自己沒那個實力，破爛的茅草屋都不會有人給你。

周宣把子彈箱子拖到面前，看著一大箱子彈，易欣有點害怕，總是擔心會爆炸，魏曉雨則十分自然。魏曉雨對槍械子彈是熟到不能再熟，根本就不會杞人憂天。

周宣也是第一次面對這麼多的子彈，不過他擁有異能，可以絕對控制這些子彈，所以也不擔心。

他伸手拿了一顆子彈出來，把彈頭捏了捏，沒有半分鬆動的感覺，想了想，歪頭瞧著易欣，說道：「易小姐，你還是回去休息吧，有事我會打電話給你，現在這裡不安全，你還是不要在這兒的好，要是子彈走火可就不好了。」

易欣臉色微微變了變，強笑道：「你又嚇我……好吧，也真是有點睏了，你有事就打電話給我吧。」

周宣當然是故意支走易欣的，等易欣走出房門後，魏曉雨把門關了起來，然後反鎖住，這才問道：「還要什麼東西嗎？」

魏曉雨當然知道周宣是要用異能來改造這些子彈，所以才支開易欣的。

「曉雨，你幫我弄些水來，我要用水。」

周宣對魏曉雨就沒什麼好隱瞞的，當即叫她幫自己弄些水過來。魏曉雨趕緊拿了兩隻大玻璃杯到浴室裏裝了滿滿兩杯清水，端出來放到周宣面前的桌子上。

周宣手都沒動，冰氣異能運出，就把這兩杯清水凝結成最強的堅冰，溫度低到魏曉雨還

遠地便感覺到有一股冷颼颼的味道。

這兩杯水凝結成的冰，溫度低到超過了地球上最冷的溫度級數，這時，魏曉雨便是用鐵錘也打不爛它。

周宣再把那些子彈前面的彈頭表層轉化吞噬了一圈，接著，那些子彈就鬆動了，周宣一顆一顆地把這些子彈頭從彈殼中取出來，然後照著子彈頭的大小模樣，將那兩塊冰塊轉化成無數顆堅冰彈頭。

魏曉雨在旁邊，立即幫忙將這些冰塊彈頭一顆一顆地裝填進彈殼裏。周宣再用杯子裝了一杯清水過來，然後在每顆子彈上滴了一滴。冰氣異能一運用，立即便將冰彈頭堅固地凝結在了彈殼裏面。

緊密度跟那些真彈頭相差不大，但周宣知道，因為自己裝進去的是冰塊做成的彈頭，雖然現在把它的溫度降到極低，但周邊的環境溫度過高，融化只是時間問題，比普通冰塊的融化時間只是長了一些而已，到時候終歸是要融化掉的。

這個問題，周宣已想明白了，然後再運起異能，將異能分化出極小的分量，運到冰子彈裏面，再凝結成獨立的個體，這樣，一顆異能子彈就做成了。

當然，周宣之前讓胡山等人射擊牆壁的子彈也是這樣做成的，不過那些子彈的彈頭卻是真實的，只是在子彈裏面凝結了獨立的異能。

但是那些子彈射出來後，彈頭不會消失，而現在周宣製造的冰子彈，彈頭是純粹的清水凝結成的冰塊，射出去後，異能一消失，冰塊的保護罩沒有了，溫度馬上會上升，子彈就會融化消失不見了。

從這一點上，周宣馬上想到了那個殺手子彈消失的原因了，雖然那個殺手用的，絕對不是跟他一樣的冰氣異能，但原理上差不多，也就是說，那顆子彈的彈頭也是用特殊材料做成的，在射出後，灌注在子彈裏的異能消失後，子彈也就會消失了。

把子彈全部又灌注了異能後，周宣再檢查了一遍，幾百顆子彈全部都改造完成，現在就是不知道自己灌注在子彈裏面的異能會保持多久，基本上來說，異能消失的時刻，就是彈頭開始融化的時候了。

周宣想了想，然後又用冰氣轉化了幾顆清水凝結的彈頭，再注入異能，把這幾顆彈頭放到桌上，然後就只能等待了，看看異能在這顆子彈上能保持多久的時間，就能知道胡山等人可以把這些異能子彈保持多久了。

魏曉雨在一旁手托著腮，眼睛盯著這些子彈，俏皮的樣子很可愛。周宣忍不住湊過頭去，在她臉上吻了一下，愛意盡顯無遺，魏曉雨笑吟吟地指著自己的紅唇，說道：「不算數，這兒。」

周宣嘿嘿一笑，然後彎下頭去，將嘴伸了過去，魏曉雨也兩唇相接，兩人甜蜜地吻在一

起，舌尖交織中，只覺得昏天黑地，渾然忘了一切。

晚上，親王府的侍從送上了晚餐，兩人吃過後也不出府遊玩，只是在房中恩愛纏綿，這讓胡山和守衛放下心來，這兩人不愛出去到處走動，他們監視的力度相對小很多，也容易得多。

圖魯克親王也有些詫異，周宣和魏曉雨就像兩個剛陷入熱戀中的年輕男女一樣，如膠似漆的，看來這個年輕的東方男子是個情種，不愛江山，不愛金錢，只愛美人啊，對周宣兩人更加放心了。

第二天，周宣也照樣不出門，只在房中等候異能的消失，一直探測著，直到第三天的下午五點多，異能消失了。從注入的時候起一直到消失，在子彈中一共保存了四十八個小時的時間，也就是整整兩天。

周宣再檢查了一下那些冰塊子彈的異能，果然全部都在這個時候消失了，確定了異能保持的時間後，周宣又運起異能，灌注在那些子彈裏面。

而那幾顆試驗用的冰塊，異能一消失後不到四五分鐘，冰塊就開始融化了，只是冰塊的溫度太低，融化的速度極慢而已，但表層開始融化的那一絲變化卻是瞞不過周宣。

不過，只要周宣又運異能灌注在冰塊上面時，冰塊立即就停止了融化，可見，異能對冰塊的防護是肯定的。

雖然測試好了，但周宣並沒有打算馬上就找胡山說起這事，不急在這一時，而且異能子彈雖然有時間限制，但周宣本身的異能卻是無限制無止境的，跟力氣一樣，消耗了休息過後就會恢復。

只要有異能在，製造異能子彈就應有盡有，只要在異能消失後，再補上一次，就又能支持四十八個小時了。

因為那名殺手的事，圖魯克親王這幾天都不敢應酬，暗殺事件給他的驚嚇實在不輕，比以前的任何一次危險更讓他驚心動魄。圖魯克親王整整一個星期都不敢出去，一直心有餘悸。

直到第八天，警局的朋友告訴他，在搜查周宣提供的搜查目標時，在拉巴特的一間國際酒店中，還真遇到了這麼一件怪事。

在國際酒店檢查登記簿時，其中一個外國人跟周宣說的很相似，於是對他進行了調查。不過，警察要進入那人的房間時，大禍就發生了。四名員警剛一進到房間裏，就被突襲打死了。

酒店監控室一見到這樣的事發生，當即嚇得慌了神，立刻報警。警方接到報案後，馬上

派了大批的警員過來，因爲有員警遇襲身亡，這樣的事當然不能怠慢了。

不過，當大批的員警趕到後，襲擊員警的兇手已經消失不見了，而且在酒店中被打死的四名員警傷口中，都沒有檢查出子彈和其他讓人殞命的原因來。

四人的傷口跟子彈射擊造成的結果一模一樣，不過在傷口中，甚至是全身上下，都沒能找到那傷人致命的子彈，當員警把遇襲的情況一彙報到總部，警局的負責人當即知道是遇到了周宣讓他們找的那個人，趕緊通知了圖魯克親王。

圖魯克親王一接到這個消息，心裏便長長鬆了一口氣，周宣並沒有與外界接觸，而且他本人就在親王府中，因此在另一個地方出現的殺手就不可能是他了，圖魯克把對周宣僅有的那絲懷疑完全消除了。

圖魯克又趕緊通知周宣，周宣一聽到這個消息，當即與拉迪幾個護衛一起趕到國際酒店的現場。

四名員警的屍體都還沒移走，因爲檢查發現的情形，著實讓警方很吃驚。

周宣和拉迪幾人到現場一看，馬上就明白，這跟親王遇襲時的情形一模一樣，不過那裏，還有子彈穿透牆壁的洞孔，除了這一點，死者的傷口，跟親王別墅裏死的那個護衛傷勢情況一樣，沒有什麼不同。

周宣當即又運起異能探測了一下，跟上次一樣，沒有得到別的影像，只是一個霧狀的人體，模模糊糊地看不清楚，不過卻看得出來高矮胖瘦，跟周宣上次得到的結果差不多。

警方把抽調出來的酒店錄影放出來，周宣看到住酒店的那個外國人，身材十分高大，心裏一怔，這個外國人跟他影像中的人影非常像，雖然只是霧狀體，但身材胖瘦高低跟霧狀人影完全吻合，八成就是他了。

而且現在酒店中，他住的房間中又死了這四個警察，雖然沒見到房間裏這四名警察是被什麼人用什麼武器打死的，但想也想得到，除了那個外國人，還能有誰？

周宣再加強了異能的力度，運起異能努力探測著，但影像中的人像依然沒有變化，看不出來真實面目。不過周宣基本上就能確定，那個神秘的殺手就是他。

有了這個發現，事情就好辦多了。警方立即下令通緝酒店錄影中的那個外國男子，不管是不是這人所爲，這整件事情與他絕脫不了干係。

周宣又在酒店中擴大範圍搜索著，不過，卻再也沒有能夠得到更多的線索。警方又清查了酒店的幾個出入口，基本上確定了那個外國人的去向，當即組織人手搜索包抄。

周宣和拉迪幾個人也跟著一起隨著警方人員行動，警方的搜查能力還是不錯，因爲有了確切的目標，而且此時還有錄影佐證，確定了嫌犯的真面目，那就好搜索多了。

那個殺手的每次行動都是萬無一失，百發百中，沒有一次失手，但這一次的任務竟然失了手。照理說是不可能的，但目標卻偏偏就逃脫了他的狙殺，不僅如此，還洩露了行蹤。在

國際酒店被警方找上門來。

警方查詢的方向和內容讓這個殺手馬上明白，他們的目標就是他，所以立刻就動手，一連幾槍把這四名員警開槍打死，而子彈都是經過特殊改造過的，所以在事後任何線索都找不到。

不過，找不到任何線索，反而就是一種線索，因爲目前除了在襲擊圖魯克親王的現場留下了那樣的手法和線索，就沒有別的殺手有這樣的能力了。

警方在全力追蹤查詢下，半個小時後，就得到了那個殺手的行蹤，是在城區南郊的一個區域，這個殺手躲進了一個正在修建中的大樓中，此時工地上很少人，幾乎是沒有人。

得到了線報，員警把這個社區的所有出口都封鎖起來，然後分派了十個小組，全副武裝地從各個入口進逼。這些員警都很緊張，因爲這個殺手的兇狠是有記錄的，如果一個不好，便會被他開槍擊斃了。

周宣幾個人在社區外圍的包圍圈便停下來，周宣看了看，裏面的範圍至少有幾千米，自己的異能便是再增加幾倍也沒辦法探測到。

不過在此時，周宣還是把異能運到最強，凝成束四下搜索著。

但是他們處在的區域是包圍圈的外圍，一點異常情況也沒有，周宣不知道要不要跟到裏面去，但拉迪幾個人肯定是不會跟著進去的，哪怕有這麼多員警在身邊，他們都還是忐忑不安，心裏緊張得不得了。

那個殺手的能力跟周宣應相差不大吧，要想對付他，只要看到周宣那一槍射出來，還有誰能擋得住？

周宣也沒有把握能阻擋住這樣的威脅，因爲那是射出的子彈。不過，那個殺手應該還不知道有他這個人，會在這個地方等他，這樣也許會有意想不到的功效。

周宣看著無數員警開始分散包圍這個地方，想了想，當即把自己的背包取下來，又把胡山等幾個護衛叫到身邊，悄悄地說道：

「現在你們都聽清楚了，我給你們每人幾顆我改造過的子彈，子彈射出後，會在幾分鐘內消失，所以你們在開槍後，要把彈殼都撿回來處理掉，別留在現場，不要讓警方找到我們的彈殼，而且，你們要記住，千萬不要輕易開槍，因爲這些子彈穿透力超強，如果對手藏在掩體後面，那你們只要找準了位置，就可以開槍射殺他。我測試過了，這種子彈在五千米以內，能把兩米厚的混凝土射穿。」

胡山等幾個護衛都知道周宣有這個特別改裝子彈的技術，不過聽到周宣說，他改造的子彈也能夠在射擊後幾分鐘內就消失掉，倒是很意外，那個殺手不是也能讓子彈消失掉麼？

胡山頓時又有些懷疑起來，周宣到底與那個殺手有沒有關係？但周宣從頭到尾都沒離開

過親王府，一直都處在他們的視線之中，照理說是不會有什麼關係的。

但周宣給他們的子彈很有效用，這是他們都知道的事，欣喜若狂地拿過去裝進手槍裏，作爲親王的護衛兵，是擁有槍枝使用權的。

不過，周宣這次給他們的子彈又有些奇怪，有一種淡淡的冰涼感覺，卻又不是十分明顯，而且子彈晶瑩剔透的，像白玉石，又像玻璃，又像冰塊，但細細看起來，又都不像，反像是這幾樣的雜合體。

有冰塊的冰涼感覺，但卻沒有冰塊的融化感，有玻璃的透明度，但卻沒有玻璃的脆性，有白玉的潤玉感覺，卻又沒有白玉的石性，總之，是很奇怪的感覺。

因爲堅冰子彈是周宣用清水做出來的，然後灌注了異能在裏面，堅冰由此而受到異能防護罩的保護，所以不會融化，但異能一旦消失後，堅冰就會開始融化掉，特別是在高速運動中，周宣測得很清楚，如果堅冰子彈在高速射擊時，異能流失會異常嚴重，持續的時間超過五秒，異能就會完全消散，那時，彈頭也會融化掉，在後面，自然也就找不到一丁點子彈存在的證據了。

不過，胡山等人並不清楚周宣給他們堅冰子彈的完全效用，因爲之前周宣給他們開槍射擊的只是普通子彈，周宣怎麼改造的，他們並不知道，現在這種堅冰子彈就明顯不同了，不知道效用會不會有上次試射的那些子彈那麼強勁。

第八十章

下馬威

胡山隱隱覺得周宣才是他們的重心，
他說的話比誰說的都管用，
在他的信條裏，強者才有發言權，
本來他是想給周宣下馬威的，
但周宣這幾天來的強勢完全把他擊敗了，
不如討好他，把關係拉好。

準備好之後，這個方向的員警們已經偷偷移動到離包圍圈的目標很近的距離了，裏面沒有任何動靜，也不知道情報準不準確。

有警方人員在前，胡山等人只有在後邊看的份兒，不過，這樣的事情自然也不用爭個你後我先的，如果這個人真是那個殺手，那麼衝在最前面的，九成是送死當炮灰的了。

周宣離那個目標地起碼有上千米之遠，異能探測不到這麼遠，只能以目測觀看，圍攻的員警和士兵至少有數百人，根本就輪不到他們。

就在那些士兵四面圍上前時，在最前面的幾名士兵忽然間一頭栽倒，後面的人頓時都各自撲倒在地，找掩護體隱藏自己的身體。

周宣在那幾名士兵栽倒時，便看到他們幾個人的後背上閃出一朵血花，看來是子彈強勁的穿透力將那幾個人從胸前到背後穿了個對穿，因爲那子彈的穿透力太厲害，哪怕隔了一千米遠，如果對準了他們其中的任何一個人，就算躲在數米厚的岩石後，也同樣會給打穿打透。

胡山幾個人都躲在掩體後，但是距離目標處太遠，根本就看不清那建築裏有什麼，手中拿的也都是手槍，不是狙擊步槍，狙擊步槍上有高精度的瞄準儀，一千米的距離不算什麼，不過沒有瞄準儀的輔助，要想看清就有點難了。

周宣從那幾個人倒下的位置估計，殺手的位置會在那棟建築物的哪個點。

接下來，周宣便見到那棟房子的二樓一個窗戶的角落處，隱隱有火光閃現了幾下，然後在這邊最前面的幾個士兵又歪倒在地了。

這一下可把那幾個士兵旁邊的人嚇壞了，因爲這些士兵都藏身在假山花園的石頭後面，從那棟房屋的任何方位都不可能會打到那些人，但那幾個士兵都是中槍爆出血花而死。令人驚恐的是，他們胸前中槍的地方應該是一個死角，不可能會有子彈射得到那個位置，要不就是子彈能轉彎。

胡山幾個人距離太遠，瞧不清楚，而周宣看得十分清楚，子彈是穿透了厚厚的岩石而射死了那些士兵的。

未被打死而又在最前端的士兵和員警都恐慌起來，似乎什麼都不能保障他們的生命安全了，他們和那些被打死的那些士兵身上都穿有超強的防彈服，但中彈的地方就是防彈服防護最強最好的地方，結果都被打穿打透，防彈服都不管用了。

彙報到後面的指揮官時，頓時引起了一陣騷動，沒想到會是這個局面，最精戰術和槍械的專家也莫名其妙起來，中槍士兵中槍的位置和角度都顯示不可能致命，後面卻又接二連三來彙報士兵和員警殞命的消息，在場的最高指揮人終於下了決定，用重型武器毀掉那棟日標建築物。

在下了命令後，重型武器還沒瞄準啓動，便被一顆子彈射中炮彈而引發爆炸，轟隆隆幾

聲巨響，幾箱炮彈都被引爆了，那架炮車的三名士兵和附近十多名員警都給炸飛上了天，落下來的儘是斷手斷腳。

炮彈炸毀，炮車炮架都損毀得不成樣子，因爲曾經得到過圖魯克親王的預先警告，所以警方早早便聯絡了就近的武裝部隊，派來一百二十名士兵和一架大炮。

駐軍聽說是追捕兇殘的通緝犯，這才派了大炮和百餘名的士兵，也是警方把情況故意說誇大了些，要是知道圍捕的人只有一個，軍方又哪裡肯派一百多名士兵和大炮來？

卻沒想到，一百多名士兵、兩百多名員警，接近四百人圍捕一個人，竟然還被這名殺手打得人仰馬翻的，沒有還手之力，而且根本就還沒看到兇手在哪裡，是什麼樣子。

部隊的指揮員是一名中尉，臉都氣得青綠了，他用望遠鏡看得清楚，那棟建築物裏就只有一個射擊點，不可思議的是，那個射擊點竟然是在一堵牆背後，那些子彈似乎是從牆壁裏冒出來的一般，要是用槍，是半點效用也沒有的，子彈射擊在牆壁上，頂多擊出一星半點的灰塵，卻無法穿進牆壁裏，更別說打死牆裏的人了。

氣惱之餘，中尉當即命令大炮射擊，乾脆直接把那棟屋子炸了算了，但更氣人的是，那個殺手竟然把大炮都打毀了。

想想太不可思議了，怎麼可能這麼準射中炮彈？而且還是大炮裏面準備發射的炮彈，在外面，還有厚厚的鋼鐵炮身，那顆子彈只有穿透炮身才能打到炮彈上，而且還要打到炮彈尾部的火藥部位才能爆炸，如果打在前邊的彈頭上，那也不會爆炸。

要做到這一切，起碼要有幾點條件，一是這個開槍的人是個超級狙擊槍手，在千米之外的射擊極爲精準，二是他射擊的子彈是穿甲彈一類的超強子彈。

不過，在目前所知的世界軍火中，穿甲子彈雖然厲害，但子彈仍有局限性，最大只能射穿十幾公分的鋼鐵或者混凝土，這已經是很了不起的穿甲彈了，要射穿幾米的混凝土或者鋼鐵物，除非是超強的導彈。

但從一切觀測的結果來看，對方只是用槍枝在射擊，絕不可能是大炮導彈之類的重武器。

大炮被毀，中尉氣急敗壞地命令士兵不惜一切代價拿下來，否則他可沒有辦法回去交差。本想把人拿下來後，再跟警方講條件要賠償，沒想到有這麼大的損失，那跟警方對他們說的危險程度不符合，要多一些賠償，大炮損失不說，現在還死了七八名士兵。

沒想到，警方傷亡更多，現在死在槍下的員警至少二十名，所有人都被壓制著趴在地下不敢動彈。

那個殺手好像能夠透視一般，躲在牆壁後一樣能準確地射擊，實在是不可思議。

周宣馬上明白，這個殺手不僅有異能子彈，能夠射穿牆壁和石頭等幾米厚的掩體，而且還有透視的功能，如果說是有異能眼睛，能看穿牆壁和幾米的掩體，周宣也不大相信，因爲

異能不可能通過眼光傳達到這麼遠的距離，要不是高科技的設備，通過這個設備就可能能透視了。

這個可能性是最大的。如果沒有狙擊槍，僅憑手槍，就算是超強的狙擊手，也無能為力，畢竟，巧婦難為無米之炊啊。

周宣瞧著胡山這幾個人手握改裝子彈手槍，卻是無用武之地，又看看那些員警士兵，當即把胡山拉到近前，低聲說道：

「胡山，你跟員警的頭頭比較熟，叫他去跟那些士兵交涉一下，把他們的狙擊步槍借幾支過來。」

胡山跟周宣相處也有幾天了，雖然聽不懂，但周宣又說又比劃的樣子，胡山也能看懂一點，再加上易欣在旁邊解釋翻譯，胡山一下子就醒悟過來。

他們雖然沒有帶狙擊步槍過來，但部隊裏有狙擊手，只是他們的子彈顯然不能跟對方那個殺手相比，穿不透厚厚的混凝土牆壁，所以只能看著乾著急，而且還很擔心，因為那個殺手似乎專門把他們這邊最具殺傷力的重要人員幹掉，現在，除了把在最前面的士兵和員警幹掉了，還把重型武器也給毀了，又打死了幾個點最好、槍法最好的狙擊槍手。

一般來說，狙擊手隱藏自身的能力，跟射擊技術成正比，但隱藏於無數掩體後的那些狙擊手竟然一個個都被那神秘殺手擊斃，到死都不明白，一直處於這麼多人監視中的那棟建築物，殺手都沒露出面來，又怎麼能打到他們？

除非那個殺手真的有透視眼。

這一點周宣不大相信，大概是某種透視的設備。

那些警察和士兵十分納悶，現代最新的高科技武器，除了那些重型的導彈核武，輕便型的槍械或者設備，都難達到這種效果。

熱能感應儀和夜視鏡算是軍方比較先進的設備，但距離不能太遠，這地方離目標建築物超過了一千米，影像就有些困難，而且現在是大白天，天空無雲，烈日當空，地面烤得火熱，再加上己方有數百人之多，熱能感應儀根本分辨不出敵我。

胡山當即彎腰，溜到另一邊的臨時指揮處，指揮處設置在三棟房子的背後，中間的隔置物超過了三十米，想必那個殺手也透視不了這麼厚的距離。

十幾名士兵持槍守護，三四名指揮官忙得焦頭爛額，胡山把那個熟識的指揮官拉到一旁，偷偷地說了，自己這邊有兩個狙擊高手，想借幾支狙擊槍，看能不能幫上忙。

那名警官皺了皺眉，正發愁著的時候，這胡山又來添什麼亂？不過胡山的分量也不輕，想了想，隨手一揮，讓屬下找了幾挺狙擊步槍過來給他。

一般的狙擊手視槍如命，很少會答應借槍的，現在拿過來的幾把槍，都是幾個剛被打死

的狙擊士兵手上拿的。

胡山把槍搬過去，彎腰回到幾人隱藏的地點後，然後問周宣：「現在要怎麼辦？」

周宣伸手道：「把步槍裏的子彈拿出來給我。」

胡山愣了愣，馬上就明白了，趕緊和同伴一起把三把狙擊槍打開，拆出子彈來，一共只有十六顆。

周宣把這十六顆子彈拿到手中，然後又叫易欣給他一瓶礦泉水，拿了水和子彈，然後躲到一邊的角落中，把彈頭拆下來，然後用冰氣異能製作出十六顆彈頭，把彈頭與彈殼完美合成後，又灌注了一絲異能在裏面，十六顆冰氣異能子彈就製作完成了。

周宣沒有遲疑，回身把子彈遞給胡山等人，胡山幾個人瞧了瞧，子彈確實變樣了，冰冰的像塞了顆玉石在彈殼裏一般，有些古怪，但也沒有多話，將子彈填進彈匣中。

這時有狙擊步槍了，通過高精度的瞄準儀，胡山等三個拿槍的人，就能清楚觀察到那棟房子的情況。

差不多十分鐘左右，胡山清楚地見到那牆壁上射出來兩顆子彈，當然，子彈是沒看清楚，但牆壁那個點就射出了一丁點的火花，胡山也只盯到那一下，而那火花一閃而逝時，前面的狙擊手就死一個。

胡山額頭上滲出汗水來，把手擺了擺，三個人分散開來，各自緊盯著，要是那個殺手對付的是他們幾個人，那死的就不是別人，而是他們了。

胡山用狙擊槍上的瞄準儀仔細地盯著那面牆壁，把焦距調高一些，那殺手再開兩槍後，胡山可以確定，那個殺手射出的子彈，並不是在牆空裏射出來的，而是直接射在牆壁上再穿透出來。

這也不是盲目亂射的，因爲每一顆子彈射出來後，都會有一個狙擊手被打死。

胡山在確定後，當即招手把另外兩個同伴叫來，把情況說了說。其實不用胡山說，那兩個人也瞧得十分清楚，其中一個人是莫特，親王府中，數他的槍法最好，但現在不是了，因爲魏曉雨的槍法比他更強一些。

胡山和莫特槍法都不錯，有了瞄準儀就看得更清楚了，胡山又低聲說了幾句話，三個人都緊盯著那棟房子射出子彈的地方。

再一顆子彈射出時，胡山打了個口哨。三個人幾乎是同時射出子彈。

胡山和莫特的槍法確實不錯，胡山和莫特都射在那個殺手射出子彈地方三寸左右的距離上，另外那個人一槍射在約一米外的地方，偏離較多，若說以狙擊手的準確度來說，偏離二十公分就算誤差了。

但是三顆子彈卻同那個殺手的子彈一樣，穿進了那個牆壁之中。

由於胡山等人開槍時就用瞄準儀緊盯著，所以看得很清楚，那子彈在牆上射出的洞孔很明顯，但如果不是一直緊盯著這個地方，並不容易發現。

胡山三個人一槍射出後，就停下來觀察著，但瞄準儀不能夠透視過牆壁，也不知道那個殺手究竟怎麼樣了，子彈有沒有射透牆壁打傷或者打死那個殺手，這些都無法知道，開槍過後就只能等待了。

這三槍射過後，那個殺手竟然沒有開槍再射擊，一時間，場面安靜了下來。

這邊的員警和士兵雖然多，但子彈都打不穿牆壁，部隊開來的一門大炮也給毀了，再包圍上前的人在到了某一個點後就會被打死，無法再前進一步，所以只能僵持著。

而胡山等三個人開槍時，狙擊槍是裝了消聲器的，絕大部分人都不知道，估計牆裏面的殺手至少是被傷到了，否則不可能停下射擊。

胡山瞧了瞧周宣和魏曉雨，等周宣發話。

在這裏，胡山隱隱覺得周宣才是他們的重心，他說的話比誰說的都管用，在他的信條裏，強者才有發言權，本來他是想給周宣下馬威的，但周宣這幾天來的強勢完全把他擊敗了，而且他瞭解到，周宣並沒有要跟他在圖魯克親王面前爭權奪勢，不如討好他，把關係拉好，以圖魯克親王現在對周宣的態度來看，自己想爭也爭不過，硬拚是沒有好處的。

周宣現在也沒有什麼好的辦法，兩者距離相隔了一千來米，異能也探測不了那麼遠，自己又沒有射擊的經驗，別說射擊，什麼槍枝他都沒碰過，哪有經驗可言了。

周宣沉吟時，魏曉雨伸手把胡山面前那把狙擊步槍拿到自己面前，然後伏在地上向那棟房子瞄準，接下來確定目標點後，「撲撲撲」地一連數槍射出，在胡山等人射擊的那個點處，在地面半尺左右兩面三四米以內，密密麻麻的排射，直到把子彈打完。

魏曉雨的槍法和經驗比他們更強，所以如果屋裏的殺手受傷了的話，這一下就沒得躲了。

周宣看著步槍裏一顆一顆彈射出來的彈殼，當即說道：「把那些彈殼撿起來給我。」

胡山等人只當周宣是想把證據毀掉，不想讓別人知道他們也有這麼厲害的子彈，趕緊把彈殼都撿起來遞給周宣。

周宣把彈殼接過來放進自己的衣袋裏，接著，就運起異能，把彈殼和開始取出來的子彈頭都轉化消失掉，消滅了證據。

那十六顆子彈，全部都是異能灌注的，要射出去後異能才會消失，冰塊子彈會在很短時間裏融化，之後即使想找，也沒有辦法找得到。

周宣想了想，對魏曉雨說道：「曉雨，把另外兩把槍裏的子彈都打光。」

魏曉雨明白周宣的想法，當即點點頭，然後把那兩把槍拿過來，稍稍一瞄準就開槍射

擊，快速地把子彈都射光。

這時的胡山等人沒有瞄準儀，看不到魏曉雨射擊的子彈落點，要是看到，肯定會嚇一跳。

魏曉雨再次射擊的子彈，全都在一個三寸以內的圓點內，一千米開外的距離能射到這樣的精準度，是極爲了不起的準度了。而且，這還是魏曉雨稍稍瞄準了一下就射擊的，並沒有做最精準的射擊，否則還會更準。

魏曉雨的這十來槍連續射擊後，把槍丟回到胡山身邊，然後極迅速地把彈殼撿起來遞給了周宣。周宣依然把彈殼揣進衣袋裏，但放進去的同時就把彈殼轉化吞噬了，一切進行都在無形之中。

看到那棟房屋中再沒有什麼動靜，撲伏在前的士兵員警再沒有傷亡，軍警指揮者趕緊命令突擊隊上前偵察。

十幾名突擊隊員迅速摸近房屋，隨後從幾個方向同時進攻，周宣和胡山等人隔得遠遠的觀看著，幾個人都很緊張，預測不到後面會發生什麼樣的事情。

幾分鐘後，進去的士兵搜索完畢，其中兩個在窗口邊打手勢邊報安全，做了個抓到一個人的動作。

對方竟然只有一個人，這邊的員警和士兵的指揮長官都臉色陰沉，一個人竟讓他們死了十幾個，還毀了一門大炮，這面子丟得夠大。

尤其是那個帶隊的士兵指揮員，黑著一張臉，吩咐把抓到的人帶過來。十分鐘的樣子，突擊隊員便返回來，兩個人還拖著一個人，一直拖到兩名指揮官的面前才把人扔下，再翻了個面。

胡山和周宣幾個人跟著上前，不過隔了有十幾米遠。十幾名士兵和二十多個員警持槍警衛著。

周宣看著遠處那個殺手，這時的距離相隔只有二十米不到。異能探測得到，不過異能探測過去後，卻弄不清楚那殺手的躺身之處，測到的只有一團白色的人形霧氣。

雖然異能探測不到，但周宣卻馬上就肯定，這個人就是那天刺殺圖魯克親王的殺手，因為在別墅對面的山上，周宣測到的影像就跟現在測到的一模一樣。

周宣頓時就想上前看個究竟，畢竟這個殺手身上有太多的秘密他想知道，但中間隔了守衛著的士兵和員警，沒有指揮員的許可，誰也過不去。

周宣轉頭對胡山說道：

「能不能讓我過去看清楚？」

易欣趕緊給胡山翻譯著，胡山點點頭，正想過去找警方朋友說情，但周宣腦子裏忽然感覺到極大的危險，但到底是什麼危險卻又說不上來。

在這一剎那，他感覺到的是極大而且急速的死亡危險。

周宣危急中直叫道：「臥下，全部臥倒！」說著，一把把魏曉雨拖到身邊，然後把她撲倒在地，用自己的身體覆蓋住她。

胡山幾個人被周宣的大聲叫喊驚得一呆，不懂是什麼意思，但易欣卻是聽得懂，雖不知道是什麼事，但肯定是有危險了，嚇得趕緊挨著周宣趴在地下，然後朝胡山叫道：

「趴下趴下。」

胡山幾個人這才知道周宣喊的是什麼意思，趕緊一骨碌趴倒在地，也就在這一剎那，周宣的異能探測到那團白霧狀的殺手活動起來，伸手按了按某個部位。

突擊隊員彙報說殺手已經被打死了，所以現場的兩名指揮官都以爲那個殺手是死人，但翻過殺手的身子讓他臉朝上以後，忽然看到那殺手睜開了眼睛，眼神冰冰冷冷的，毫無感情。兩名指揮官怔了怔，又見那眼開眼的殺手伸出右手，按了按左手腕上一個手表樣的東西，那東西立即就亮起了幾個紅點，並一個一個地增加亮度。

兩名指揮官以及突擊隊員都覺得有些不妙，雖然沒看懂是什麼東西，其中一個突擊隊員趕緊蹲上前，準備把那個東西拆下來。

那個殺手慘白的臉陰陰一笑，咧開嘴冷冷地說了一聲：「沒用了，來不及了。」

那個突擊隊員一怔，隨即臉色一變，趕緊大聲叫道：「不好，趕緊散開，是炸彈！」

最後一個紅色的亮點也亮起來時，那手錶模樣的東西霎時間就爆炸開來，一股熊熊烈焰狂怒地噴湧出來，溫度高達上千度，以爆炸的地方為中心點，呈三百六十度的方向迅速散開，熱浪過處，一切草木萬物都化為灰燼。

周宣在無窮無盡的熱浪逼過來時，情急之下，把太陽烈焰能力運到極限，能量在身周一丈左右形成了一個能量保護罩。

能量罩把自己身周的胡山易欣幾個人都籠罩在內，爆炸熱浪湧過來後，其他方向繼續滾滾四散開去，繼續燃燒萬物。

熱浪與周宣的能量防護罩一相碰，周宣眼睛一黑，一股如山的熱焰壓力壓將下來，一丈左右的能量罩也一下子就給逼得縮小了一半，還好周宣雖然幾欲暈去，但最終卻沒暈去，因為他知道，如果他在這個時候一暈倒，馬上就會被熱焰能量吞噬成灰燼，而其他人自然也就不能倖免了。

周宣咬緊牙關，閉住了嘴唇，將異能再次盡力運出，支撐著能量罩。能量罩在無窮無盡的壓力內又縮小了一兩尺。

胡山和易欣還好，都撲在了周宣左右，在周宣的能量罩圈子以內，沒被烈焰熱浪吞噬，而另外四個人，有兩個人手掌在圈子外，兩個人一雙腳在防護罩圈子外，熱浪在逼縮周宣的

能量圈子。

防護罩一縮小，那幾個人在圈子外的手和腳立刻都化爲了灰燼。

滔天熱浪來得快去得也快，熱浪烈焰一直滾過一百五十米左右，以中心那個點起，燒成了一個直徑三百米的大圓圈，圓圈裏的一切草木人物都化爲灰燼，石頭都成了熔石樣子。

在圓圈內，只有周宣的能量罩起了直徑爲三米左右的一個圈子，就這麼一點地方完好無損，有如沙漠裏的一點綠洲。

周宣在壓力驟鬆的那一剎那，一口鮮血狂噴而出，鮮血噴了魏曉雨一臉，把魏曉雨嚇得不輕，急急扶著周宣直叫喚。

胡山和易欣站起身來，茫然四顧，這一幅慘景讓他們兩個人呆怔不已，而另外四個同伴，兩個失手，兩個失腳，失去手腳都是在一瞬間之內，而且是超高溫熔化掉，一點痛的感覺都沒有，等到熱浪退卻後，四個人才發現自己已經變成殘廢了，因爲是高溫熔化，傷口倒是好，完全是燒傷，連血管都給烙封住了。

四個人呆了呆，然後才大叫了起來。

三百米以外的地方，劫後餘生的員警和士兵們都傻呆呆地瞧著這一片慘景，不知所措。

周宣給魏曉雨扶住後，噴了幾口鮮血，然後努力運起最後一縷異能恢復。

要完全恢復好，暫時還不行，不過還是可以把傷勢穩住，等到回去後，再用九星珠吸收能量恢復傷勢。

定了定神後，周宣才低聲說道：

「胡山，趕緊找一輛車，我們先走，離開這個地方。」

易欣給胡山一翻譯，胡山便趕緊跑到後面開了一輛麵包車過來，另外四個同伴，兩人傷手兩人傷腳，也不能指望他們了，剩下易欣一個女子，嚇到不行，更不能指望了。

周宣明顯受了重傷，魏曉雨肯定不會撒手不管周宣。胡山把車開過來後，趕緊下車把兩個失去腳的人抱上車，兩個失去手的人自己上了車，而魏曉雨和易欣兩個人扶了周宣上車。

胡山不再多話，立馬把車急速地往回開，那些員警士兵也是無首的散兵，慌亂之下，也沒注意到胡山這些人，只是趕緊彙報的彙報，搜救的搜救。

胡山抄著最近的路，直接把車開回了親王府，圖魯克親王一見到幾個人這番模樣，嚇了一跳，趕緊問是什麼事。

胡山這才把事情的來龍去脈向圖魯克親王說了個清楚。當然，他們能倖存的原因，胡山並不是很清楚，但肯定與周宣有關係，便隱隱約約地向圖魯克親王暗示了一下。

親王府的醫護人員也趕緊把四名傷者抬去治療，再要把周宣抬過去治療時，周宣低聲拒絕了，然後對圖魯克說道：

「親王殿下，我的傷勢無關緊要，回房休息一晚就行了。」

魏曉雨知道周宣的意思，要讓醫生來給他治療，那還遠不及他自己的異能療傷，在周宣拒絕後，就扶著周宣回房間。

兩個人走後，圖魯克親王眼盯著周宣兩個人的身影若有所思。現在，場中就只剩他和胡山、易欣三個人。

圖魯克親王對易欣說道：「易，你下去休息吧，你的任務就是時刻服侍好周先生和魏小姐。」

易欣馬上會意地起身別過，然後回自己的房間休息。

只剩下兩個人了，圖魯克親王才低聲對胡山道：

「說說到底是怎麼回事？」

胡山沉吟著，然後才對圖魯克把自己的懷疑之處說了出來。在他看來，今天他們能倖存，全是周宣的關係，只是不知道周宣是怎麼辦到的。

圖魯克親王瞇起了眼睛，對於周宣，他越來越感神秘，也越覺得這一次把周宣招攬到手下，算是做得極對的一件事。

對胡山的說法，圖魯克也很認同，周宣是個深藏不露的高人，完全符合他們對東方那些神秘的世外高人的猜測。

圖魯克沉吟了一會兒，然後吩咐道：「胡山，以後要更加禮遇尊重周宣，他要什麼就給什麼……」想了想又說道：「算了，只要一切行事恭敬有禮就行了，像他這樣的人，我算看清了，他根本就不在乎錢財地位，在我們面前，他也從來沒有表示過對金錢有所要求，這樣的人，不能以常理來論。」

胡山唯唯諾諾的答應了。

圖魯克盯著他嘿嘿一笑，又說道：

「你不會有什麼不情願吧？我告訴你，你可別妒忌周宣，人家確實比你厲害，不過，你也別有什麼想法，這個周宣，根本就不是你想像的那一類人，雖說他確實比你更適合保鏢隊長的位置，但人家根本就不在乎，這樣的人，不可能永遠為我所用，遲早他都會走掉的，所以在他走之前，對他好一些，也許他回報給我們的會更多。」

胡山臉一紅，他心裡確實有這樣的想法，沒想到給圖魯克親王說穿了，不過又想到，圖魯克親王既然這樣說，說明還是把他當成了自己人，他對周宣雖然好，但卻沒有像對他那樣，真正把他當自己人看待，要是圖魯克對他不聞不問，那才是有問題了。

圖魯克笑了笑，然後輕輕拍了拍胡山的肩膀，說道：「多跟周宣請教請教，能學到他那些神秘的東方武術那可是好事，不過我想是不容易的，若能學到，那是你的運氣。」

胡山訕訕的笑了笑，直是點頭。

第八十一章

兩人世界

魏曉雨擔心周宣如果知道了真相，
不知道會做出什麼樣的舉動來。
現在，魏曉雨幾乎有一種沒有周宣就活不下去的念頭，
她不敢想像失去周宣的生活，
只是沉迷在自己與周宣的兩人世界中，
不願醒來也不想醒來。

在周宣的房間裡，魏曉雨有些緊張，雖然她知道周宣的能力很奇特，但畢竟是失憶了的人，也許不清楚以前他那些異能運用的方法，同時又擔心周宣會記起以前的事，如果知道了真相，魏曉雨甚至不知道周宣會做出什麼樣的舉動來。

現在，魏曉雨幾乎有一種沒有周宣就活不下去的念頭，失去周宣的生活，她根本就不敢想像，也不想去想像，只是沉迷在自己與周宣的兩人世界中，不願醒來也不想醒來。

周宣雖然喪失了記憶，但對異能卻是出奇的熟悉，似乎是與生俱來般的感覺，就像是身體擁有的本能一樣，不用想就知道要怎樣做。

此時此刻，周宣便運起異能，本能的療傷恢復，在沒有別人的影響之下，恢復度自然快了很多，隨後又拿出九星珠來，將九星珠上的能量吸取到自己身體中後，身上受到的與那殺手的爆炸能力激烈相碰撞後的傷勢雖然不輕，但在異能和九星珠的能量改善後，恢復傷勢的速度就更快了。

不到半個小時，周宣的傷勢就徹底好了。

魏曉雨看到周宣的表情後，這才鬆了一口氣，此後的半個月裡，周宣和魏曉雨都沒離開過親王府，成天就待在房間裡。

胡山也如往常一樣，對周宣不特別好，也不怠慢，對周宣客氣的招呼著。

圖魯克親王本人亦沒有露面，這半個月來，他一方面跟警方高層了解那天的真實情況，一方面也在爲周宣把影響減到最低。

圖魯克可不想讓周宣出名，要是把周宣宣傳成一個超級英雄，那就更難掌握他了，若是周宣繼續默默無聞下去，對他來說，或許是最好的結果。

爲了避免民眾無謂的恐慌，警方高層對這次的爆炸事情一力掩飾，只說是軍方的軍事演習，市民無需慌亂猜測。背底裡，軍警高層對這件事卻是花了極大功夫查詢，想要把那個殺手用的炸彈檢驗出來。

軍方的用意是想弄清楚炸彈的來歷，若是能從現場的蛛絲馬跡中找到這種炸彈的製作方法，那就更好了，否則這次的損失如此之大，卻沒有任何的收穫。

但爆炸現場，除了方圓三百米的廢墟外，什麼也沒找到，哪怕是一丁點的殘屑碎片都沒有。

現場中唯一令軍警的查驗人員感到奇怪的就是，在離爆炸中心十多米的地方，竟然有一塊三米方圓的圓圈完好無損。圓圈中的花草地皮都極爲正常，沒有一點燒傷爆炸的痕跡，一切仍是生機勃勃。

檢查小組的專家們都不知道是怎麼回事，查了半天，據說爆炸那天，圖魯克親王的手下也在現場，事情似乎與他有關，所以警方的人還來詢問了一下圖魯克親王。圖魯克自然是把這件事極力的掩蓋了下去。

圖魯克親王更滿意的是，周宣似乎也十分低調，一點也沒有想藉此出風頭的想法，只想讓自己安靜過日子。

這件事過去一個半月後，爆炸事件算是被大眾完全遺忘了，圖魯克這才鬆了一口氣。府裡上上下下也都沒有人再提起這件事，殺手和爆炸的事似乎就此消失無蹤，每個人都淡忘了，甚至連圖魯克自己也淡忘了許多。

恰好有一個朋友邀請親王到英格蘭一行談生意，圖魯克這段時間悶得太久了，便答應了這個邀請，準備停當後，就乘專機飛往英格蘭。

圖魯克親王這一行只指派了七個人隨行，胡山和他的屬下占了五個，周宣和魏曉雨占了兩個。

到英格蘭後，周宣和魏曉雨自然是住一間房，圖魯克對他們的待遇不差，給他們住的是總統套房，緊挨著親王的房間，反而是胡山等五個護衛隔得比較遠，房間的等級也稍差了些。

周宣沒有以前的記憶，就跟沒出過門的小孩一樣，處處顯得笨拙，反而是魏曉雨大大方方的很有經驗。在房間中收拾好自己的行李後，魏曉雨便帶了周宣到倫敦的名勝區域遊玩，圖魯克親王則在酒店中沒有出去，由胡山等人守護著。

魏曉雨以前來過倫敦很多次，並不陌生，帶著周宣搭了計程車往目的地而去。

不過計程車沒開幾分鐘，魏曉雨便皺著眉頭說道：「好餓，我怎麼老覺得餓得慌啊？」

因爲跟周宣在一起久了，魏曉雨自然也少了女孩子的矜持，再說，跟周宣有了夫婦之實的生活也長達兩個月，兩人之間早已沒有那些距離了。

倫敦不像紐約，華人的聚集並沒有那麼多，不像紐約有專門的一條唐人街，所以要找一間中餐廳是很困難的事情。不過魏曉雨的英語很好，就近找了一間餐廳，因爲感覺太餓，也沒有再往想去的地方去玩。

在餐廳裏，魏曉雨接過服務生的菜單翻看起來，然後問周宣：

「你要吃什麼？」

周宣笑笑道：「我又看不懂這菜單，隨便你啦，我也不怎麼餓，你想吃什麼就叫什麼吧。」

魏曉雨當即點了好幾個，跟服務生又說又指的，服務生一邊點頭，一邊偷偷瞄著她，等魏曉雨菜點完，服務生鞠了一躬才離開。

魏曉雨一怔，隨即笑吟吟一擺手，向周宣直是笑。

周宣低聲問道：「曉雨，那服務生剛剛跟你說什麼啊？」

魏曉雨捂著嘴直笑，好一會兒才說道：「那服務生說你好英俊。」

「切！」周宣啐了一口，然後不再問她。要是她不想說，自己怎麼問她也不會說出來的，反正自己是不相信服務生剛剛說的是這句話。

也不知道魏曉雨點的什麼菜，服務生接著又送上兩杯咖啡，魏曉雨拿著湯匙問道：「要加糖嗎？……嘻嘻，我看還是加點吧，不加糖太苦。」

說著，從杯子裏舀了兩匙到咖啡裏，輕輕攪動了一會兒，又用嘴試了試味道，覺得還可以，這才把杯子遞給周宣。

周宣接著杯子，見杯子邊沿上還有一半片淡淡的紅唇印，隨即抬頭瞧了瞧魏曉雨，一張臉蛋嬌豔欲滴，嘴唇上有著淡淡的光彩，看到魏曉雨這般嬌豔誘人的模樣，心裏不禁一蕩，低頭就著杯沿上的唇印喝了一小口咖啡。

魏曉雨見到周宣沒有轉開自己唇印的位置，卻是照著那個印子張口喝咖啡，不由得笑了笑，臉上儘是幸福的表情。

周宣喝著咖啡，然後瞧著魏曉雨幸福的表情，心裏不禁也洋溢起暖意，覺得這樣的生活不知道是不是就叫做幸福。雖然自己沒有了記憶，但現在面前這個女孩子應該就是自己最珍貴的東西。

服務生把叫的幾個菜式端上來後，周宣怔了怔，又是螃蟹又是牛排龍蝦，還有一份牛肉濃湯加一份優酪乳水果沙拉，因爲周宣不識英文，所以魏曉雨叫了牛排是雙份的。

周宣笑笑一攤手，示意魏曉雨先吃，自己把咖啡喝完再吃，魏曉雨也沒有勸說，拿起刀叉就開動，把螃蟹，龍蝦敲敲打打吃了個遍，然後又大口大口吃起優格水果沙拉來。

周宣在一旁瞧得目瞪口呆。魏曉雨幾時有這般能吃了？照這個吃法，恐怕要不了多久就會變胖了。

魏曉雨自己還沒感覺，一邊吃一邊對周宣說道：

「你怎麼不吃啊？這水果沙拉特別好吃，酸酸甜甜的，你嘗嘗？」

周宣搖搖頭，又擺擺手道：「不了，你吃吧，我不餓。」

看著魏曉雨胃口好到了極點，周宣很覺得奇怪，從沒見到魏曉雨這個樣子，不會是生病了吧？照理說，生病了是胃口不好才對，哪有生病了還能這麼吃的？

等到魏曉雨吃完，周宣的咖啡也剛剛好喝完，稍坐了一會兒就買單走人。

出了餐廳後，魏曉雨才嗔道：「剛剛你怎麼什麼都不吃？我一個人吃了那麼多，怪難為情的。」

魏曉雨雖然說著怪難為情的話，但語氣裏卻是沒有真正要怪周宣的意思，然後又自覺奇怪地嘀咕著：「這幾天很奇怪，我老是覺得餓得慌，老是想吃東西，吃了一會兒就會覺得餓，怪怪的感覺。」

周宣一怔，趕緊說道：「那我們去醫院檢查一下，看看是不是有什麼病，有病要醫，可

別耽誤了。」

魏曉雨張嘴想反對，但嘴唇動了動，最終還是沒出聲，這一段時間以來，她極力在改變自己的性格，別再像以前那樣任性，這一切都為了周宣。

攔了輛計程車往醫院去，周宣在車上運起異能檢查著魏曉雨的身體，奇怪，身體機能一切正常，血液和氣場也沒有奇怪的地方。

周宣放心下來，但自己畢竟不是醫生，對醫術和病理並不清楚，雖然異能可以治療傷勢，但自己並不是醫生，要是真有什麼怪病，自己也檢查不出來，還是到醫院徹底檢查一下好。

魏曉雨和周宣在醫院遇到的是一位深鼻藍眼的白人老頭醫生，他問了許多話，魏曉雨一邊也用英語流利地跟他對答，之後那老白人醫生微微一笑，低聲說了一句話，隨後又招手叫了一名護士進來。

那護士遞給魏曉雨一個小玻璃瓶子，魏曉雨臉紅紅地到了裏間，過了一會兒才羞澀地出來，把小瓶子遞給了護士。

周宣瞧見玻璃瓶子裏裝了一些淡黃色的液體，怔了怔，隨即恍然大悟，這有什麼好害羞的，只是驗尿而已。

過了幾分鐘後，護士把化驗單拿出來，周宣還有些奇怪，化驗怎麼會這麼快？

那老醫生接過化驗單一看，隨即笑呵呵地對魏曉雨說了幾句話，魏曉雨先是一呆，隨即臉色一紅，跟著又激動起來，拿著單子看了半天，只是發怔。

周宣詫道：「曉雨，怎麼了？你好好的，我不相信你會有什麼病，這老醫生說什麼啊？」

周宣有些著急，而魏曉雨此時卻欲言又止起來，猶豫了一下，然後才紅著臉說道：

「算了，走吧，我沒病，只是有點兒累了，回去吧，回去多歇歇就好了。」

周宣「哦」了一聲，然後又說道：「我就說嘛，你好好的，又能吃又能跳的，怎麼會有病？」

在回去的車上，魏曉雨忽然對周宣說道：

「周宣，你知道我們來的時候，那司機說什麼嗎？」

看著魏曉雨長笑意吟吟又滿含期待的樣子，周宣也笑笑回答道：

「我怎麼知道啊，都怪我當年不好好念書，要是成績好，就能聽得懂了。」

周宣知道魏曉雨是在等他故意去問，要是自己不再問，她肯定會自己說出來的。

果然，他這樣一說，魏曉雨臉上略有失望的表情，靜了一會兒，然後才說了出來：「那個司機說……說我很漂亮。」

周宣順口就接道：

「我早就猜到是那樣了，果然是，瞧那司機的表情和眼神就知道了。」

魏曉雨嘻嘻一笑，又說道：

「那個算你看出來了，那剛剛老醫生說的話，你又能猜出來嗎？」

「這個……？」

周宣沉吟了一下，還確實猜不出來，老醫生剛剛說的話，跟那司機說的話連相同的音調都沒有，應該不是說同樣的話，再說，這老醫生看起來也很老了，不像年輕人那般色迷迷的樣子，難道魏曉雨真有什麼病？

但瞧魏曉雨臉色紅潤，表情中喜氣洋溢，看這個樣子，又哪裡像是有什麼病的人？

「我真猜不出……」

過了一陣，周宣還是猜不出來，只能搖頭。

魏曉雨咬著唇，還是先忍住了。

等車到了酒店，跟周宣一起進了酒店，又坐進電梯裏，看著電梯的指示燈緩緩上升，又沒有其他人在，周宣瞧見魏曉雨的表情卻是越發羞澀起來，倒真是奇怪了，她是怎麼了？

圖魯克親王今天並沒有安排行程，只會晤一個老朋友，所以也沒把周宣帶上，他只在重要場合才會叫他。圖魯克親王是怕周宣會覺得自己離不開他，刻意保持了些距離。

回到房間後，周宣把房間關上，又運起異能仔細檢查了一下房間內有沒有竊聽和監控設備。還好，房間中包括浴室裏，都沒有監控設備在裏面。

也不知道老醫生到底跟魏曉雨說了些什麼，周宣獨自想了一會兒，還是猜不到是什麼意思，嘿嘿一笑道：「猜不到，你告訴我。」

魏曉雨臉紅紅的，羞澀地道：

「周宣，你知道嗎，你……你要當爸爸了。」

周宣一時間沒有反應過來，愣了一下，等想明白這句話的含意時，忽然間激動起來，甚至比魏曉雨還激動，不禁有些語無倫次起來：

「你……曉……曉雨，你……你說的是真的嗎？」

魏曉雨點點頭，認真地道：

「是真的，剛剛在醫院裏，醫生已經確認過了，檢查的結果是，我……我懷孕五周半了。」

「我要當爸爸了，我要當爸爸了……」

周宣嘴裏喃喃念著，心裏一片茫然，也不知是幸福感還是恐慌感，這件事情來得太突然，讓他心裏一點準備都沒有。

不過，看到魏曉雨一臉的興奮和幸福感，周宣心裏也有些莫名地激動，同時心裏更多了

一些沉重感。魏曉雨懷孕了，那他從此就更多了一份責任感。

哪怕是流落在國外，也是一個小小的家。在這個家中，他是支柱，是這個家庭的支撐者，如果他發生了什麼事，那魏曉雨可怎麼辦？所以，從現在起，一定要保護好自己，才能保護起這個家。周宣一邊想著，一邊望向魏曉雨。

一向看來堅強剛毅的魏曉雨，此刻在周宣眼中也變得柔弱起來，尤其當看到她捂著自己的小腹沉醉著，眼裏儘是母性溫柔的神情，周宣忽然感到溫暖起來。在這一刻，周宣心裏不由自主地湧起了陣陣柔情。

魏曉雨臉蛋上全是幸福的表情，在周宣眼中，現在的她，只是一個平凡的小女人而已。

看到周宣發怔的樣子，魏曉雨忽然又道：

「難怪我這幾天老是感覺到餓，動不動就想吃東西，敢情是……敢情是……兩個人要吃啊！」

「不怕，想吃什麼就吃什麼，如果你現在還要吃，我馬上就去給你買，好不好？」周宣趕緊安慰她，懷孕了嘛，自然要多吃一點，但是女孩子卻又總是怕胖，怕身材走樣，常常是患得患失的樣子。

果然，魏曉雨搖了搖頭，然後說道：「不吃了，我可不想變成一個肥婆。」

周宣呵呵地直是傻笑，看到陽光斜斜照射在窗簾上，趕緊把窗簾拉開，將玻璃窗開了一點縫。空調房間的空氣並不好，不如房間外的空氣新鮮，曉雨這時候呼吸點新鮮空氣更好。

魏曉雨起身走到窗邊，透過玻璃窗看下去，寬闊的泰晤士河邊，鄰近的就是科技公園，有許多人在散步。

看到一對對遊人在走動，魏曉雨心中一動，忽然轉頭對周宣說道：

「周宣，我們去那兒散散步，走一走，好不好？」

「好。」周宣一口便答應了下來。這時候，不管魏曉雨說什麼，只要他能辦到，他都會答應，絕不會反對。

從酒店裏出來後，兩人沿著人行道往江邊走去。在酒店房間裏看江邊似乎很近，但走過去，卻花了半個小時。

到了江邊公園，附近的遊人全都是老與少，一對對的幾乎都是五十歲以上的老夫老妻，帶著小孫子孫女出來遊玩，像周宣和魏曉雨這樣二十來歲的年輕情侶倒是極少見。

魏曉雨見到別人異樣的眼光，不禁微笑起來。現在的人，都把金錢放在了第一位，把愛情看得很重的卻很少，想到這兒，魏曉雨就不禁摟緊了周宣的手臂，然後幸福地把臉蛋緊貼在他的手臂上。

周宣攜著魏曉雨走得很慢，然後指著前邊的一張長木條椅說道：「曉雨，我們到那裏坐一會兒，好不好？」

「嗯。」魏曉雨點點頭，柔順地應了聲，挽著周宣的手慢慢地走到椅邊坐下來。一些過路的老夫妻看到他們兩個人時，都不自禁多瞧了魏曉雨一眼。

看著泰晤士河邊的風景，魏曉雨沉醉不已，依偎著周宣，好一陣子才輕輕說道：「周宣，這裏好漂亮。」

周宣點點頭道：「是啊，很漂亮，你要是喜歡，以後我們就在倫敦買一套公寓在這兒住下來，好不好？」

魏曉雨見周宣事事都順著她，不禁抽泣著流下淚來。

周宣怔道：「曉雨，你怎麼了？不是好好的嗎，怎麼又哭起來了？」

魏曉雨臉色蒼白起來，身子也顫抖著，周宣頓時給嚇到了，趕緊扶著她問道：「你怎麼了？哪裡不舒服嗎？」

一邊說著，一邊又趕緊運起異能給她身體改善著，不過異能倒是沒探測到有什麼不正常的地方。

魏曉雨抽泣著抬起淚眼，望著周宣，哽咽著道：「周宣，我……我……如果我做錯了什麼事，你能原諒我嗎？」

周宣詫道：「好好的，你又做錯什麼事了？」

看到魏曉雨只是抽泣，臉色越發蒼白起來，幾縷髮絲沾著淚水貼在臉蛋上，尤其顯得楚楚可憐。

周宣心裏一陣心痛，這麼一個千金小姐，有著顯赫的家族身分，不顧一切地跟著他東奔西逃地流浪，吃苦受累不說，甚至還有生命危險，現在，她還有了自己的孩子，自己更應該更好地對她了，別說她現在沒有什麼錯，就算有錯，自己也能原諒她，根本不會計較的。

「曉雨，別說什麼錯不錯的，只要你喜歡的事，你就做，不管你做什麼，我都不會怪你。」周宣說著，伸手把魏曉雨的一雙小手緊緊握住。

魏曉雨把臉蛋緊貼在周宣的手上，淚水仍是止不住地流。周宣雙手扶著她坐起來，然後用手捧著她的臉蛋，這一張如花似玉的臉蛋上儘是淚痕。

周宣嘆了一聲，用手輕輕擦了擦淚水，然後把手指拿到嘴邊舔了舔，皺著眉頭道：

「曉雨，你家鹽罐子打翻了嗎？」

魏曉雨不明白，抬著淚臉哽咽著問道：「你說什麼？」

周宣皺著眉頭又道：「要不是鹽罐子打翻了，你的眼淚爲什麼會這麼鹹？」

魏曉雨忍不住「撲哧」一聲笑了出來，滿是淚水的臉蛋笑顏綻開，但隨即又沉著臉道：

「人家說真的，你還開玩笑。」

周宣笑了笑，但是心裏忽然間隱隱地痛了一下，不知道爲什麼，剛剛說起「眼淚鹹」的笑話時，心裏突然就像被針扎一般地痛了一下。

魏曉雨看到周宣的臉色不對，趕緊不笑也不哭了，緊緊地拉著他問道：「你怎麼了？哪裡不舒服嗎？」

換了這話從魏曉雨嘴裏問出來，那意義又不同了。

周宣鎭定了一下，看著魏曉雨關心又擔心的表情，甩了甩頭，然後笑了笑，說道：「我沒事，只是忽然間心裏痛了一下，大概是缺少運動，呵呵，我決定了，以後我每天都要帶你出來散步。」

魏曉雨這才放了心，自己擦了擦淚水，把臉深深埋進了周宣的懷中，再也不肯動一動。

周宣摟著魏曉雨，心中充滿了柔情，一邊用手輕撫著魏曉雨的一頭青絲，一邊瞧著公園裏延伸向江邊的公園小道。

數百米外的江邊石欄上，依著一位身穿白色套裙的女子，臉朝江邊，她的臉周宣看不到，但她一頭烏黑的齊肩頭髮，倒很像是位東方女子。

她的身材高挑曼妙，從背影上看，這個女孩子的相貌也應該是漂亮的。

江邊的微風把這女孩子的裙襬吹得飄動不已，讓周宣感到這女孩子的極度孤單寂寞，當然了，這也只是他的感覺而已，或許是自己有了曉雨，有了孩子吧，看到一個單身的女孩子就會有這種感覺。

周宣倒是好奇起自己的以前來，不知道以前的自己會是一個什麼樣的人？

良久，那個依偎著石欄杆的女孩子緩緩轉過身來，周宣的目力遠超普通人，當看到那個女孩子的面容時，不禁「哦」了一聲。

這個女孩子有著跟魏曉雨不相上下的美麗容貌，只是臉蛋上儘是落寞和哀傷的表情，轉過身後來便欲往另一方走，只是抬腳的時候，斜斜往公園這邊瞟了一眼，眼光掠到坐在木條椅上的周宣臉上時，明顯地呆住了。

周宣看得很清楚，這個美麗的東方女孩子一雙眼睛緊緊地盯著他，再也挪不開，好半晌，周宣看到這個女孩子眼睛裏淚水滾滾湧出，接著就拔腿拼命朝他飛奔過來。

周宣吃了一驚，難道這個女孩子認識他嗎？或者，這個女孩子是衝著別人跑過來？

正想著時，周宣趕緊往左右看了看，兩邊都有人，不過都是外國人，而且多是老年人，不知道那個美麗的女子到底是爲了這些人中的哪一個奔跑過來的？反正他腦子裏沒有對這個女孩子的任何印象。

伏在周宣懷中的魏曉雨感覺到有些不對勁，當即抬起頭看著周宣，問道：

「怎麼了？」

周宣嘴朝前邊一呶，輕聲說道：

「那個女孩子，不知道是不是認識我？」

魏曉雨一怔，當即朝著周宣說的方向望去，一眼見到那個奔跑過來的女孩子時，不由得呆了呆，接著渾身一顫，全身冰涼。

第八十二章 異地重逢

魏曉雨眼睛盯著的方向，正是那個奔跑過來的漂亮女孩子，
周宣這時看得很清楚，因為距離近了，
那個女孩子眼神中儘是激動和喜悅，望著的人正是他。
周宣不禁有些詫異，難道這個女子認識他？

周宣覺得手中握著的一雙手十分冰涼，心道：自己並沒有運用冰氣異能啊，魏曉雨的手怎麼會忽然冰冷下來？難道是生病了？

周宣著急地替魏曉雨運異能把體溫升高，一邊問道：

「曉雨，你真的生病了，我帶你到醫院再檢查一下。」

魏曉雨仿若沒聽到他說的話，一雙眼只是驚恐地盯著奔跑過來的女子，全身忍不住地顫抖。

周宣感覺到魏曉雨的驚恐，趕緊握緊了她的手說道：

「曉雨，你怎麼了？別怕，有我在。」

但魏曉雨像沒聽到一般，抓著周宣的手顫抖得十分厲害，身子也搖搖欲墜，周宣急忙用力扶住了她，然後順著她的眼光看的方向望去。

魏曉雨眼睛盯著的方向，正是那個奔跑過來的漂亮女孩子，周宣這時看得很清楚，因爲距離近了，那個女孩子眼神中儘是激動和喜悅，望著的人正是他。

周宣不禁有些詫異，難道這個女子認識他？

那個漂亮的女孩子奔跑得更近了，大約四五米遠的時候停了下來，因爲她見到周宣扶著魏曉雨卻是不動聲色的樣子，一腔熱情頓時冷卻下來，緊緊地盯著周宣，急跑之下，胸脯一起一伏地直喘氣。

好半天，這個漂亮的女孩子才開口說道：

「周……宣，我找得你好苦！」

周宣一怔，然後問道：

「你……認識我？」

那女孩子也是一怔，隨即臉色蒼白起來，一雙眼中淚水滾來滾去，顫聲道：

「你……說我認識你？難道你不認識我？好吧，就算我沒有了以前的記憶，就算我在婚禮上有些不自然，但我已經離不開你了，我深愛的人也是你，難道就因爲這樣，你就要拋棄我，離開我？」

周宣聽得一頭霧水，茫然不知所以然，瞧了瞧扶著的魏曉雨，卻見她顫抖得更加厲害，手上冰涼一片，心想：她有身孕了得小心些，當即對那個女孩子說道：

「小姐，我想你是認錯人了，對不起，我不認識你。」隨即又低頭對魏曉雨說道：「曉雨，走吧，我們去醫院檢查一下，小心你肚子裏的孩子。」

魏曉雨一聽這話，驚意更甚，一雙手把周宣的手臂抓得更緊，生怕他會就此離她而去。

那個漂亮女子聽到周宣的話，又瞧了瞧魏曉雨，忍不住驚怒交集，指著魏曉雨說道：

「魏曉雨，是你？你……你怎麼會跟周宣在一起？」

周宣一詫，這個女孩子竟然知道他和曉雨的名字，難道真是認識他？不過，不管認不認識，現在都要先照顧好魏曉雨再說，便扶起魏曉雨，準備往回走。

那女孩子見周宣和魏曉雨都沒回答她的話，眼中滾動的淚水再也忍不住，如斷線的珍珠一般，撲簌簌地直往下落。

魏曉雨終於艱難地開了口，顫著聲音說道：

「盈……盈盈，對不起……以後我再跟你解釋，好不好？」

那女孩子臉色蒼白，眼淚止不住地流，卻是無聲的哭泣，一雙淚眼盯著周宣和魏曉雨，好一陣子才哽咽著道：

「我曾經當你是我的朋友……也覺得有些對不住你，但是現在，但是現在……你……你沒資格叫我盈盈！」

然後又指著周宣，眼神中儘是悲哀欲絕的表情，一個字一個字地說道：

「周宣，你敢說你真的不認識我？」

周宣咬了咬唇，仔細地想了想，然後還是搖搖頭，苦笑著道：

「這位小姐，實在不好意思，我確實不記得你，我腦子失憶了，以前的事都不記得了。」

那女孩子一張絕美的臉更是蒼白，顫聲道：「你……我想什麼理由也不……也不會想到你用這個理由來搪塞我，你要是嫌棄我就直接說，我不會纏著你，但你不能用這樣的理由來敷衍我……」說著，一邊又擦了擦眼淚，又說道：

「好，你說不記得我，那我告訴你，我叫傅盈，是跟你拜過堂成過親的妻子，你現在跟我說不記得我？……如果說你離家出走是在生我的氣，是因爲我的記憶中沒有你，那我原諒你，但如果你離家出走是爲了……爲了……爲了……」

她一連說了三個爲了，也沒能說出爲什麼來，手指著魏曉雨直是發抖，哽咽了好半晌才說出來：「如果是爲了她，那我就不能原諒你！」

「傅盈？」周宣想了想，然後仍然是搖頭，「傅小姐，對不起，或許以前我認識你吧，但也不會像你說的那樣離譜吧，我有妻子，我的妻子叫魏曉雨啊。」

說完，便攙著魏曉雨往來路回去。

傅盈心痛得無法再說出口，牙齒將嘴唇咬出血來，淚眼模糊中，周宣和魏曉雨已經走得遠了。

周宣雖然沒有回頭，但凝成束的異能卻探測得到傅盈的情形，那個叫傅盈的女孩子，這會兒仍然癡立在原地，淚水從開始到現在就未曾停過。

周宣雖然不記得這麼個人，腦子裏沒有她的印象，但心裏卻是莫名地心痛起來。

周宣什麼都能忍，就是不忍看到女孩子傷痛欲絕的表情，這個叫傅盈的女孩子此時就是那種絕望到無以復加的樣子，周宣雖然扶著魏曉雨離開了，但是心裏卻不由自主地擔心著，這個女孩子會不會出什麼意外？

但是他又不能回頭，這段時間以來，他的一顆心全被魏曉雨占滿了，腦子裏全是和她在一起的幸福記憶，現在她又有了身孕，而且周宣也感覺得到，魏曉雨離開他會活不下去，所以不管什麼原因，周宣都不想讓現在的魏曉雨受到傷害。

在去醫院的路上，魏曉雨忽然說是要回酒店，不去醫院了。周宣都依著她，因爲異能探測下，魏曉雨的身體沒什麼不對勁的地方，只是感覺到她很恐懼，還是回酒店休息吧，也許休息一下就能恢復了。

回到酒店裏，圖魯克親王正在吃中餐，讓胡山叫周宣兩人一起，周宣推說魏曉雨身體不舒服而拒絕了。

跟魏曉雨一起回到房間裏後，周宣扶著她到床上躺下，然後坐在床頭邊上，輕輕扶著她的額頭，用異能改善著體質，又輕言溫語地說道：

「曉雨，睡會兒吧，睡一覺就好了。」

魏曉雨閉了眼躺了一陣，周宣瞧見她長長的睫毛顫動著，眼角邊卻是滾出了幾滴淚水來，不知道爲什麼她今天這麼反常，難道懷孕的人情緒這麼不穩定？

魏曉雨又緩緩地睜開眼來，望著周宣清澈的眼神，淚珠滾滾流出，周宣有些慌了神，趕緊問道：「曉雨，你怎麼了？……是不舒服，還是想家了？要是想家了，那我們就回去吧。」

魏曉雨流著淚只是搖頭，淚水將雪白的枕頭濕了一大團，周宣心裏憐惜著，拿了紙巾揩著她臉上的淚水，只是擦了又流出來，一直不能停息。

遇到這樣的情況，周宣也有些無奈，要是有什麼傷病，他還能用異能恢復治療，但悲傷哭泣的事，他的異能也是束手無策了。

「曉雨，別哭，什麼事都有我在，別怕。」周宣只是安慰著，除此之外，他也沒有辦法，女孩子軟弱起來，男人只能用手臂懷抱去安慰。

魏曉雨軟弱地睜開眼來，哀怨的望著周宣，好一陣子才問道：

「周宣，你怎麼就不問我爲什麼呢？」

周宣搖了搖頭，說道：「曉雨，我什麼都不想問，你也什麼都別說，好好睡覺休息吧，你現在最需要的就是休息，睡一覺就好了。」

說實在的，周宣心裏隱隱有些害怕，害怕以前的事，他不想問也不敢問。害怕自己真跟傅盈有什麼關係，那他之後又該如何面對現在的魏曉雨？這些日子的恩愛，再加上她肚子裏的孩子，周宣已經沒有辦法去想像傷害她的後果了。

看到周宣既不追問也不責備的態度，魏曉雨更是淚如雨下。周宣只是動情地安撫著她，到底還是因爲承受的壓力太大，又加上心理因素，魏曉雨哭得累了，終於疲到極點便沉睡過去。

周宣看著魏曉雨憔悴又疲憊的樣子，很是心疼。這段時間，魏曉雨跟著他，兩人的感情日漸深厚，但魏曉雨卻明顯消瘦了許多，平時雖然歡樂多過憂愁，但周宣有時候還是能感覺到，魏曉雨在喜悅的背後隱藏著一些沉重的心事。

難道是因爲今天這個忽然出現的傅盈？或者，事實真如傅盈所說，魏曉雨並不是自己的結髮妻子？

周宣覺得頭痛起來，趕緊甩甩頭不再想這個問題，無論如何，看到魏曉雨現在這個柔弱的樣子，自己怎麼能忍心去傷害她？

想著這段跟她相處的時間，兩個人的恩愛甜蜜，就算她騙了自己什麼，但至少是因爲她喜歡自己，對自己無以復加甚至是不顧一切的付出，現在還有了孩子，自己又怎麼忍心去傷害她？

但那個叫傅盈的女孩子呢？周宣說不去想，但心底深處還是不由自主地會去想。這個漂亮又悲傷的女孩子，和自己以前究竟是有什麼關係呢？失去的記憶裏究竟還隱藏著些什麼樣的情感？自己真的會爲了現在的一切，就割捨掉所有的回憶了嗎？

一切的一切，周宣都在凝望著魏曉雨嬌美又憔悴的臉龐上退卻了。

周宣嘆了一聲，然後和衣躺下去，輕輕摟起魏曉雨，感受著她的身體的柔軟和體溫，無論如何，這個感覺是實實在在的，自己現在真正擁有的。

周宣尚在嘆息時，魏曉雨心中卻有如驚雷連連，打得她神智迷糊，又擔心又害怕，既擔心這件事被周宣知曉，又擔心傅盈會向周宣把前因後果全部說出來……那將會是什麼樣的結果呢？

魏曉雨害怕的就是這個，心裏脆弱得有些受不了這個壓力了。其實這根本就不像她，現在，連她自己都覺得不認識自己了。

清晨醒過來後，魏曉雨發現周宣還安靜地躺在自己身邊睡覺，左手摟著她脖子，右手摟著她的腰，正睡得香。

魏曉雨覺得這一刻的安寧，是她一生中最嚮往的時刻，天長地久的在一起。現在，她擔心與周宣相處的時間只會越來越短，要是周宣知道一切後，別說不會跟她在一起，能不能原諒她都不一定，所以，她覺得跟周宣在一起的時候越來越珍貴了。

因為魏曉雨相信，雖然不知道傅盈為什麼會出現在倫敦，但傅盈既然在倫敦看到了周宣，以她對周宣的感情，絕不會輕而易舉就放棄的。再說，以她們傅家的財力物力，在國內

雖然不能跟她們魏家相比，但在國外，有錢的人會更容易辦成事，所以，魏曉雨絕對相信，傅盈已經知道了他們的落腳處，所以，也越發恐懼起後面將要發生的事情來。

不知道傅盈將會以什麼樣的方式再度出現，也不知道傅盈會以什麼樣的情緒來對待她。

還沒有吃早餐，在房間裏的時候，周宣就接到了易欣的電話，說是圖魯克親王要赴一個生意朋友的宴會，那是一個很重要的朋友，所以要以較隆重的方式才行，周宣等重要的護衛屬下都要隨從。

當然，在這種場合下，周宣等人就只是以圖魯克的私人保鏢身分出現，在宴會上也只能循規蹈矩，不能跟來參加宴會的客人一樣。

魏曉雨特地穿了一身黑色的西式套裝，看起來特別清秀靚麗，周宣和胡山等人也都是穿西裝打領帶。

周宣的身體瘦弱些，看起來也相對斯文些，而胡山等人一看就是一群打手，只有圖魯克親王仍然是他的阿拉伯裝束。

在酒店門口，胡山幾個護衛前後嚴密守候，來迎接的是四輛黑色的勞斯萊斯，茶色的車窗玻璃，肉眼看不到裏面。

當然這難不倒周宣，周宣異能運起後，將幾輛車的裏裏外外都探測了一遍，沒有發現有什麼異常的地方，基本上沒什麼危險。周宣略微向圖魯克親王示意安全，點了點頭，不過胡山幾個人仍是鑽到車裏，然後取了一個探測的儀器，在車裏前後掃視了一下，都是安全的信號燈，確定真的沒問題了，才對圖魯克親王點頭低聲說了一聲：「可以上車了。」

圖魯克親王若有深意地看了一下周宣，雖然相信他的能力遠超胡山等人，但周宣只是用肉眼看了一下，連腳都沒動，他怎麼就知道是安全了？難道是瞎說的？

圖魯克對周宣一招手，對易欣嘰哩咕嚕了幾句，易欣趕緊對周宣翻譯過來。原來圖魯克是要周宣和魏曉雨跟他乘坐一輛車，車內空間很大，加上司機一共五個人，輕鬆尋常。

魏曉雨看得出來，圖魯克眼光很厲害，居然知道要跟著周宣才是最安全的，不過仔細一想也覺得應該是這樣，一個一人之下萬人之上的親王，要是沒有一點眼光和城府，又怎麼可能會這麼多年長盛不衰？

在倫敦城區穿行了一小時左右，周宣看著窗外，也沒看出什麼名堂來，英式建築都差不多，到目的地後才發覺這裏有些不同，面前的這片建築簡直就是一座城堡。

而這棟城堡的主人顯然不是一般人，鐵門內側就有六七個體形彪悍的男子，個個眼光如電，顯然都是身手了得的好手。

好在車和司機都是他們自己的，下了車只讓胡山周宣等幾個護衛把槍械暫留在他們那

兒，然後才放行，對他們並沒有搜身。當然安檢也有萬全之策，因爲周宣他們要穿過的地方有一道安全門，門上設有電眼監測，如果人身體中有異物，立刻會現形。

圖魯克親王走在最前面，緊跟在後的是易欣，接著是周宣和魏曉雨，然後是胡山、莫特等護衛。當走過那些保鏢面前時，他們對胡山、莫特等人多加了幾分注意力，明顯看得出來，他們幾個才是真正的保鏢，是有殺傷力的人，對周宣倒是一晃而過，沒半分注意。

對他們來說，東方人向來引不起他們的注意，不過對魏曉雨卻是看了又看，這個高挑而又漂亮到極點的東方美女實在是太吸引人了，就算以西方人的審美觀念看，他們也不得不承認，這個女孩子確實漂亮。

到了城堡裏面的一個極寬大的大廳裏，裝飾以及傢俱都是古典又優雅，圖魯克親王到大廳裏的客席上坐了下來，周宣不客氣地扶著魏曉雨在旁邊的沙發上坐了下來。

對方的幾名保鏢忍不住看了看圖魯克，但圖魯克沒有半分不悅的表示，似乎根本就沒看到周宣和魏曉雨的動作一般。

那些保鏢顯得有些驚訝和好奇，對周宣多看了幾眼，這個東方青年人看來並不像他表面看來的那樣普通。在他們以往見到的場合中，這些豪紳大富以及上層顯貴們，尊卑最是注重，對於上下尤其分得明白，而阿拉伯人的尊卑觀念更是極強，這對年輕男女看起來也不像是圖魯克親王的家眷或親屬，只是跟著圖魯克親王來的隨從，又怎麼會這般不知上下？

圖魯克親王等人坐下來後，有侍女送茶上來，又恭敬地對圖魯克說了一句話，易欣趕緊翻譯了：

「親王殿下，她說主人請您稍等片刻，一會兒就到。」

圖魯克略微點了點頭，一邊品著茶，一邊看著牆壁上的油畫。

周宣異能探測著這棟城堡的各處，這個城堡的主人顯然與圖魯克親王十分熟悉，因爲圖魯克的表情頗爲放鬆，等候主人來時，他也沒有什麼怨言和不耐煩，悠閒地自個兒喝茶等候著。

周宣有些好奇，這棟城堡的主人倒是有些東方人的習慣，用茶水招待來客，而圖魯克親王也似乎頗爲享受，在親王府，可沒見到過他喝茶。

周宣等魏曉雨坐下來後，欣賞著牆壁上的油畫，看到其中一幅畫時，不覺有些訝異，因爲那幅畫明顯是一幅中國古代的仕女圖！看來，這城堡的主人曾經搜刮了不少中國的古董珍藏。

周宣甚至聯想到，搞不好，這家主人還是八國聯軍時的一名土匪，在圓明園進行過搶掠，如果真是如此，自己倒是有必要狠狠坑他一把。

周宣雖然沒有以前的記憶，但異能有探測到物體年份和真僞的本事，對這些牆壁上的油

畫和中國畫，雖然不知道油畫的價值，但在異能探測下，也知道這些畫盡皆是不凡珍品，想來價值同樣不凡。

就在不經意間，周宣聽到一個有些蒼老的聲音說道：

「親王殿下，呵呵，沒想到在倫敦還能見到面，請坐請坐。」

周宣聽到話音，當即轉身看過去。說話的人，是一個身材高大的老人，也是東方人，鬚髮皆白，雙眼炯炯有神。

周宣望向他時，他也望著周宣，話雖然是對著圖魯克親王說的，但眼睛卻是一直盯著周宣。

這個老人的身旁，還站著一個極爲美麗的女孩子。不可思議的是，這個女孩子正是周宣昨天在公園見到的那個叫做傅盈的女孩子！

周宣一見到她，不由得怔住了，難道世界上真有這麼巧的事？

周宣一想到這兒，馬上看了看魏曉雨，卻發現魏曉雨臉色又蒼白起來，看著那老人和女孩子時，身子只是發顫。

易欣把老人說的話翻譯了過去，圖魯克哈哈一笑，然後嘰哩咕嚕地說了幾句，然後擺擺手示意。

那老人眼光犀利地瞄著周宣，鼻中輕輕哼了哼，然後又對顫抖的魏曉雨說道：

「魏小姐，盈盈在國內承蒙你二叔的恩惠，我傅天來很是感激。周宣的負心薄倖，我不明白原因，姑且不論，不過魏小姐，你竟然會有如此這般的行爲，可有什麼話說？」

魏曉雨臉色越發地蒼白起來，咬著唇囁囁地說道：

「傅……傅……先生，這件事與……與……」說著，瞄了一眼周宣，又道：「與他無關，都是我的錯，您要怪，就責怪我吧！」

「責怪？責怪有什麼用？責怪能醫治盈盈的傷心欲絕嗎？」傅天來冷冷地哼了一聲，又說道：「如果責怪能換回盈盈的幸福，那我就是拼了老命也會責怪你的！」

面對傅天來憤怒的冷言冷語，一旁傅盈的淒慘沉默，魏曉雨更是無言以對，咬著唇不知所措。

周宣算是看明白了一些情況，淡淡道：

「原來這並不是與親王殿下的宴會啊，是專程來找曉雨麻煩的！傅老先生，那我也不妨對你說吧，曉雨是我的妻子，她有什麼事情，都由我來承擔，所以，你有什麼不滿，不妨衝著我來吧！」

周宣心疼魏曉雨，她現在有了身孕，本來就是要小心保重身體的時候，看到傅天來對她狂吼，又哪裡能忍住，當即將傅天來反駁了回去。

傅天來先是一愣，沒料到周宣竟會說出這樣的話來，一時心涼到底，便嘿嘿一陣冷笑。

聽到周宣這樣回答，明顯是在極力護短魏曉雨，一邊傅盈的淚水早在眼眶裏打起轉來，這時再也忍不住，一湧而出，淚水模糊了眼前的世界，再也看不清自己面前的這個男人。

傅天來嘿嘿冷笑著道：「嘿嘿，好啊，當初你是怎麼對我說來著？你是怎麼對我保證的來著？我雖然老了，可我也不健忘，你當時對我們傅家的承諾，我可還記在腦子裏呢，就像刻著的一樣！周宣，你現在怎樣對我解釋？」

傅天來冷笑了幾聲，又說道：「不久前，你在結婚的時候離家出走，我仔細問了盈盈，她把一切責任都攬到了自己頭上，說是她的不對，不關你的事，並且還說要等你到老，等你到死，可現在呢，你卻跟別人私奔了，這就是你給她的回報嗎？」

周宣淡淡道：「傅老先生，你說的這些我都不知道，因為一次意外，我喪失了記憶，是曉雨救了我。以前的事，我一點兒也記不得了，是不是虧欠了傅小姐，我也不知道，但我知道，我現在不能虧欠曉雨，因為她是我的妻子，並且還將生下我的孩子，所以，請你不要侮辱曉雨。」

傅天來再也忍不住，手掌在桌子上猛地一拍，把一張玻璃茶几都拍裂了，冷然道：

「好啊，孩子都有了，那你是準備徹底拋棄我們盈盈了？」

周宣仍然淡淡道：「這根本就不涉及到拋棄不拋棄，在我的腦子裏，本就沒有關於她的任何印象。所以，對傅老先生的話，我只能說抱歉。還有，如果傅老先生今天只是為了這件事而將親王殿下請來，那我現在就可以告訴你，我們要走了。」

傅天來見周宣這個表情口氣，更是要氣炸了，周宣的能力他清楚得很，他自己的異能就比任何醫術都高明，以他這種能力，又怎麼可能會失憶？

正因為傅天來知道周宣的能力，所以他不相信周宣是真的失憶，最大的可能是周宣貪圖了魏家的權勢而拋棄了傅盈，或許對周宣來說，傅家只能給周宣金錢，而魏家能帶給周宣的不僅僅是金錢，還有更難獲得的權勢地位。在如今社會，只要有權勢地位，要想得到金錢，那還不是手到擒來的事？

再說，盈盈的相貌雖然是萬中選一的，但魏曉雨可也不遜色半點，所以傅天來能想像到周宣理直氣壯的原因。

但傅天來看著周宣的眼睛表情，也覺得略有奇怪，因為周宣的表情太自然了，渾然沒有表露出半分對不起盈盈的表情，以他對周宣的瞭解，周宣在他心目中，一直是個誠實踏實的年輕人，遠比當今社會中那些年輕人要可靠得多，要說現在這個表情是裝出來的，那周宣演戲的能力也太強了。

但令傅天來很生氣的是，他在去年就已經把名下幾乎是所有股份都給了周宣，去年在新聞發佈會上宣佈這個消息時還有一個附加條件，就是周宣擁有獨立管理股份權的真正時間是在與傅盈結婚以後，也就是說在結婚隔天就生效，誰知周宣竟然就在與傅盈結婚的第二天使

離家出走了。按照當時訂立的條約，此時的合約已經正式生效了。

於是，全家人的矛頭都指向了傅天來。

傅天來因此真的是有苦說不出，他自覺非常瞭解周宣，但現在看來，周宣若不是爲了騙取傅家的財產而跟傅盈結婚，又爲何結婚隔天就離家出走呢？

不過，讓傅天來又不能肯定的是，周宣出走了這麼久以來，並沒有把傅家的股份財產賣掉或者轉移掉一分，這讓傅天來心中總算是還有一點盼頭，但終歸還是不放心，畢竟沒有發生的事誰也不敢保證。

而現在，當周宣當著傅盈的面，親口對自己說出這樣的話以後，傅天來是再也不敢相信周宣這個人了。

第八十三章

兩難境地

周宣其實處於兩難境地，
一方面想找回自己的記憶，極想知道自己以前的經歷，
自己到底是個什麼樣的人，幹過什麼事，
但另一方面，又很害怕自己找回記憶後，
會對魏曉雨造成極大的傷害。

如果在場沒有其他人，傅天來倒真是想當場就追問周宣，但現場還有其他人，最重要的是還有魏曉雨，這個周宣爲了她而私奔的女人，百分之九十九的可能，就是她唆使周宣離開傅盈而娶她的。如果她又很貪心的話，可能還會唆使周宣吞沒傅家的財產，所以，必須得避開她再來責問周宣。

這次，傅盈在倫敦巧遇周宣，說起來確實是很巧，傅天來見傅盈在周家淒苦無比，便硬生生把她帶走，說是讓她到國外散散心，等過一段時間再送她回來，傅盈這才答應。

傅盈在倫敦散心時，獨自到了泰晤士河邊，卻沒想到，就是在這裏，她看到了令自己痛心又難忍的一幕，當即打電話給傅天來。

傅天來是華人首富，生意幾乎遍佈世界各地，在許多地方都有產業，在倫敦也有自己的別墅。只是傅天來沒想到的是，本來是想帶著盈盈來散心的，卻反而巧遇遍尋不到的周宣。

要是單獨只遇到周宣，那肯定是他們傅家人最開心歡喜的結果了，畢竟傅家人心裏都很喜歡周宣這個人，也覺得傅盈嫁給他是最好的選擇，但萬萬想不到的是，周宣竟然是跟魏曉雨私奔了！

在國內，魏家可是沒露半點口風，所以傅天來一直以爲，周宣的離家出走是因爲傅盈的關係，因爲傅盈偷偷對他說起過這件事，所以傅天來對周宣的出走倒是覺得可以原諒，也盡了全力去尋找周宣。

在傅盈打電話向他說了這件事以後，傅天來馬上便安排人查了個清楚，發現周宣是跟著摩洛哥的圖魯克親王一同來到倫敦的。

作爲世界級的富豪之一，又曾經與圖魯克親王有過生意往來，所以傅天來一邀請圖魯克親王，圖魯克便欣喜地應了下來。只是圖魯克沒想到，傅天來要見他的目的，其實是爲了周宣，而不是爲了與他談生意。

傅天來當然也不會說明實際情況，以免發生變故，所以圖魯克一直誤會著，還以爲傅天來是有什麼好的投資案要跟他合作呢。

而在場的人之中，只有魏曉雨一個人才真正明白事情的真相，傅天來和傅盈都不知道周宣真的失憶了，也不知道周宣失蹤的這段時間中所經過的事，所以，當周宣的態度如此冷漠時，傅天來和傅盈是既憤怒又心痛。

魏曉雨害怕的是，自己與周宣的這一段幸福就要到此爲止，所以，她現在唯一希望的就是，周宣能夠一直處在失憶中，只有這樣，他才不會去理會，也不去追究失憶前的真相。

但事情的發展會如她所願麼？

「圖魯克親王，我想單獨與你的這位下屬談一談，可以嗎？」傅天來盯著周宣好一陣子，然後對圖魯克說道。

因為今天的事確實是隱瞞了圖魯克，所以傅天來語氣很客氣。

易欣趕緊向圖魯克翻譯了傅天來的話意，圖魯克瞄了瞄周宣，沉吟了一下，考慮到傅氏的財雄勢大，在金融界有很強的力量，雖然今天的事，傅天來沒有事先明說，對他是一種不禮貌的行為，但傅天來暗中含有想跟他交好的意思，只要傅天來並沒有故意對他有所不敬，現在自己配合他，在以後的時間裏，傅天來定然會給他許多補償，這樣反而是好處大於壞處。

說實在的，圖魯克是想把周宣收歸在自己手下的，花再多錢都可以，但他總覺得他並不能真正駕馭周宣，這個人給他的感覺是，完全不能用金錢和權勢來壓住，他唯一的突破口就是魏曉雨。這一點，圖魯克看得很清楚，這樣的人最重視感情，感情才是他的弱點。

「傅先生，請吧，我無所謂，只要你跟周談得來，我的朋友也是你的朋友嘛。」

圖魯克這個回答很巧妙，一邊是答應了傅天來的意思，另一邊又尊重了周宣的意思，而且他這樣的語氣，明顯是把周宣的身分地位提高了。

圖魯克現在的話意中，幾乎是將周宣視為他同等級別的身分，一方面是替周宣在提高身分，這樣會讓傅天來覺得虧欠他更多，以後對他的補償也就會更多一些。

傅天來點了點頭，對圖魯克的意思表示感謝，然後對周宣說道：

「周宣，我有話要跟你單獨談一談，就在旁邊的小客廳中，請吧。」

周宣瞧了瞧魏曉雨，見魏曉雨臉色又蒼白又可憐，不知道她這兩天是什麼原因，老是出現這樣的表情，難道是懷孕的女子容易激動？

周宣雖然有些納悶，但卻馬上一口回絕了，「對不起，傅先生，我沒有什麼事能與你單獨談的，我妻子現在身體不舒服，還請你理解一下。」

傅天來和傅盈兩個人見周宣毫不猶豫地便回絕了他們，臉上惱怒之色即刻揚起，但還是強行忍住了，只用眼神盯著周宣。

周宣的一顆心現在全放在了魏曉雨身上，渾然不理會傅天來的表情，只是低聲安慰著魏曉雨。

傅天來很是惱火，但卻不便當面說出來。如今，傅家的所有財富都掌控在這個年輕男子手中，一旦有外人唆使，或是如他想像中的那種心態，那傅家就完了。

傅盈明白爺爺的心思。當然，比起爺爺的這個念頭，她的心卻是更加傷痛無比。因爲一個莫名其妙的九龍鼎的出現，讓她失去了一段記憶，此後，自己便不再對周宣有感情了，但時間一長，加之周宣的深情款款，自己義無反顧地再次愛上了周宣，只是這份愛來得有點晚，偏偏是在周宣跟她結婚後的第二天，周宣離家出走後，她才醒悟過來，原來自己早已重新愛上了這個男人。

都說失去後才知道美好，這句話還真是不假，傅盈從此幾乎每日每夜都活在後悔的痛苦

之中。

傅天來和傅盈祖孫倆人各有自己的一份心思，但無疑都與周宣有關。圖魯克親王是被請來的陪襯，而胡山等人則是一頭霧水，完全不知道是怎麼回事。

傅天來雖然惱怒不堪，但畢竟是老謀深算的大人物，心裏雖然計謀重重，但在霎時間就決定了幾條退路，並計算著每一條退路進行時會遇到的情況，自己要如何面對每一件可能發生的事情，但表面上卻是十分平淡，一點兒也瞧不出來。

這是傅天來的一貫作風，不被人瞧出心事是他的行事原則，只有這樣才能後發制人，而不會受制於人。

而與傅天來急怒還得強忍著，以便保持不露聲色的難受不同，傅盈則是無法掩飾自己的傷心悲痛，一雙被淚水朦朧的雙眼緊盯著周宣，眼見周宣只關心愛護著魏曉雨一個人，既不擔心她在旁邊看到，又對她的傷痛無動於衷時，不禁心下駭然。

她看得出來，周宣對魏曉雨的那種關心和愛護絕對是真情流露，不是假扮出來的。傅盈對周宣是很瞭解的，知道周宣動了感情以後是什麼樣子。

除非周宣是真的不認識她了。但是，身負異能的周宣也會失憶嗎？真有這個可能嗎？

傅盈起初是根本不信的，但想想自己穿梭時空後的失憶，不由得一驚，難道周宣真的是失憶了嗎？回過頭來又一想，周宣天天都在經歷驚心動魄的事情，不小心受傷失憶又算得了什麼？在周宣身上發生的奇事難道還少了？

一想到這裏，傅盈全身一震。

不這樣想時不覺得，一這樣想，傅盈立即覺得非常有可能。魏曉雨和魏曉晴姐妹倆以前對周宣的愛戀，她也是知道的，而且還是同生共死共患難的那種情況，魏家姐妹的美貌也絲毫不弱於她，身分財富在國內都只比她好，不比她差，在那種情況下，周宣都從沒變過心，一心一意地對她，並且在自己失憶後並不想嫁給他的那一段時間中，周宣也沒有放棄她，反而更加深情深意地愛護和保護她，直到結婚。

像這樣的一個人，又怎麼可能只是爲了騙她結婚？

雖然愛情是會讓人盲目的，但傅盈畢竟是個聰明無比的女孩，對於周宣的感情，她還是有把握的。

一清醒之後，她馬上想到，周宣離家出走時，魏曉雨和魏曉晴姐妹也非常著急，還時常來周家安慰她，順便想要打探周宣的線索。而魏曉雨不見時，大概是在周宣失蹤後的半個月，那時她也沒有起疑心，畢竟魏曉雨是軍人，軍人有軍人的職責，她從心裏難以想像，魏曉雨的消失會跟周宣有關。

現在回想起來，周宣很有可能就是在那個時候發生意外而失憶了，只是自己不知道到底是什麼情況。但問題是，周宣發生意外的時候，魏曉雨是怎麼得到周宣消息的？

傅盈心裏疑惑著，一邊瞧著魏曉雨的表情，見她羞慚加害怕得臉色蒼白，身子也不斷發顫，跟周宣的平靜淡泊形成了鮮明對比。此刻，傅盈雖然又嫉又急，但已發現問題的所在了。看來，這事急也急不來，必須得想法子去瞭解周宣在那段時間中究竟發生了什麼事，否則什麼問題也解決不了。

「爺爺，我……我有話跟你說。」看到更加急迫的傅天來，傅盈趕緊低聲對傅天來說道。

傅天來一怔，瞧了瞧孫女，不知道她是什麼意思，但還是點了點頭，然後對圖魯克親王示意了一下，拉著傅盈到大廳的角落悄悄問道：

「盈盈，你要說什麼？」

傅盈瞧了瞧遠處扶著魏曉雨的周宣，心知雖然隔了這麼遠，平常人是聽不到她低聲說話的聲音，但卻是防不住周宣的，在他的異能之下，別說偷聽點談話聲，就是想要看到大廳中所有人的小動作，那也是在周宣的視線範圍之下。

傅盈冰雪聰明，心裏雖然極度的悲傷，但在這個關頭卻是毫不猶豫，低聲對傅天來說道：

「爺爺，我猜測周宣是真的失憶了。可能是在跟我結婚後，他離家出走的那段時間中發生了什麼意外，讓他失去了以前的記憶，所以不記得我跟他的往事了。而魏曉雨在這個時候不知道怎麼找到了周宣，然後欺騙了他，我也不知道她是用什麼樣的謊言欺騙了周宣，但很顯然，周宣相信了她的話。爺爺……我……我真的好心痛……」

傅盈說著，眼淚忍不住湧了出來。這倒不是在做戲，不過，她剛剛說的那些話其實是故意讓周宣聽的，但她說的也是實話，只是傅盈把前因後果都說了出來，這比她想方設法把周宣叫到一邊，悄悄對他說更好。

如果那樣，周宣可能會不相信，而且有魏曉雨在，她也沒有機會與周宣單獨待在一起。事實上也確實是這樣，周宣雖然沒答應跟傅天來到一邊單獨談話，但傅盈跟傅天來祖孫兩個人的悄悄話，他卻是一字不漏地聽在了耳朵裏。

看得出來，傅盈不像在說假話，要是不知道他的秘密的話，那傅盈也不會知道他有超強的異能，要是不知道他有這樣的異能的話，任誰也不會想像到，隔了這麼遠距離說的悄悄話，他還能清楚地聽到，按這個邏輯來講，傅盈講的話就值得考慮了。

不過……周宣低頭看著他扶著坐下的魏曉雨，這個臉色蒼白的可憐麗人兒會是騙他的嗎？按理說，她這樣一個萬裡挑一的天之驕女，無論相貌還是身分都是上上之選，她騙自己什麼？騙自己跟她一起過？她又爲自己懷孕生小孩？

天底下會有這麼笨的女孩子嗎？唯一能說得通的就是，她是真的喜歡自己，願意爲自己

付出一切，否則以自己的相貌身分，又哪裡值得她為自己付出這麼多？

周宣皺起眉頭來，後悔自己不該去偷聽傅盈的話，搞到他現在心裏極為難受。因為周宣發現，他時不時就會顫動的心痛，現在簡直痛到了要命的地步。

現在想來，這莫名其妙的心痛，難道是因為自己以前的生活中，真是有魏曉雨之外的女孩子嗎？難道這個傅盈，真是和自己有著非同尋常的感情嗎？

周宣惱怒得伸手在頭髮上揪了幾把，想得太深入的時候，頭就會痛，可就是什麼都想不起來。

魏曉雨感覺到周宣的不對勁，雖然擔心害怕，還是抬頭望著他，關心地問道：「你怎麼了？不舒服嗎？」停了停又道：「要是不舒服，那我們就先回去吧，圖魯克親王是來參加宴會的，安全防護沒有問題，我們要走那也是可以的。」

周宣凝神咬牙，然後點點頭道：「好，我們就先回去吧，我不想待在這裏了，有些悶。」

魏曉雨心裏一喜，精神頓時好了許多，趕緊對易欣說道：

「易小姐，請你跟親王殿下翻譯一下，我不太舒服，而現在親王殿下也安全抵達這裏了，我跟周宣就先回酒店。」

易欣點點頭，直接到圖魯克親王的側邊，低聲把魏曉雨的話說給他聽。圖魯克又不是瞎子，看得出魏曉雨的臉色很嚇人，而且他有些不太高興傅天來今天的行爲，所以，現在魏曉雨不舒服，想要借機把周宣帶走，圖魯克倒是很樂意。

只要周宣走後，他馬上就可以把主動權掌握到自己手裏，不管傅天來到底是什麼意思，就算真是爲了周宣而來，現在也需要從他這兒入手，那麼自己就可以趁機提出些商業條件了。

現在，聽魏曉雨一說，圖魯克便立即答應下來，連聲道：

「好好好，不舒服就要到醫院檢查一下，身體大意不得。這樣吧，你們先去醫院檢查，我晚上回來後再來看你們，需要的話，我馬上給魏小姐安排到最好的醫院進行治療。」

魏曉雨欣喜不已。無論如何，還是趕緊離開這個地方的好，離傅天來傅盈祖孫倆越遠越好，這樣的處境讓她又氣悶又害怕又擔心。

傅盈知道周宣有能力聽得到她說話，但她卻不敢肯定周宣會不會來偷聽她的話，但現實是，魏曉雨馬上就要帶周宣走了，傅盈頓時有些急了。

可是，面對這樣的情況，她又能說什麼呢？即使要說什麼，周宣這個時候也不會聽她的。共同經歷過那麼多事，傅盈對於周宣的性格是極爲瞭解的。

周宣是一個極端重感情的男人，一旦愛上了誰，便是再給他多少誘惑，也不能把他的心

思分散。而傅盈也是因此才會對周宣不離不棄的。若在之前，即使魏家姐妹對周宣以死相邀，即使周宣對魏家姐妹也是有些好感的，但對與自己的愛情承諾，周宣還是會堅守，並且不顧一切地把所有心思都放在自己身上。而周宣現在對於魏曉雨的態度，和當時對自己的感情是何其的相似啊……

眼睜睜地看著魏曉雨就要拽著周宣一起離開了，傅天來心急上火，眉毛聳動，想說什麼，但最終還是忍了下來。

圖魯克卻是上前拉著傅天來笑呵呵地說了起來，易欣趕緊在一邊跟著翻譯。圖魯克嘰嘰咕咕地淨說著要跟傅天來投資的事，傅天來一句也沒聽進去，眼睛卻是盯著周宣離開的方向。

傅盈呆怔了片刻，忽然扭頭追了出去。

周宣和魏曉雨離開這棟龐大的城堡式建築後，搭了一輛計程車往酒店的方向去。

魏曉雨是軍隊中的精英，不僅僅武力出眾，反監察能力同樣很厲害，跟周宣坐上計程車沒走兩百米，她便發覺後面有跟蹤的車輛。

周宣注意到魏曉雨的眼光直盯著車上的照後鏡，從鏡子裏看過去，的確有一輛車緊跟著他們，當即運起異能探測過去。現在，兩車相隔還不到兩百米，異能凝成束後，要探測到不是很難。

後面跟蹤的那輛車果然是跟蹤他們的，開車的就是那個叫傅盈的女子，周宣異能探測到車裏坐著的傅盈時，心裏不禁顫動起來。

因爲傅盈一邊開車一邊哭泣，表情是那麼痛苦和無助，臉上梨花帶雨一般，嘴裏還在念著：「周宣，別丟下我，別丟下我……」

周宣探測到這個情形時，心裏真的疼痛起來，而這種疼痛，正是自己時不時心裏悸痛的那一剎那，雖然不明原因，但就是會這樣絞痛，難道就是因爲這個叫做傅盈的女子而引起的？

周宣其實處於兩難境地，一方面想找回自己的記憶，極想知道自己以前的經歷，自己到底是個什麼樣的人，幹過什麼事，但另一方面，又很害怕自己找回記憶後，會對魏曉雨造成極大的傷害，目前這種擔心正在越來越強烈。

從偷聽到傅盈的話，到現在探測到傅盈在車裏的表情，這一切都讓周宣急躁不堪，越想得多時，腦袋就越痛，心裏也越來越相信傅盈說的話了。但總歸是沒有與傅盈在一起的記憶，那種在一起而生出的情深義重終究不存在，因而也引不起自己對她無法割捨的念頭。

但周宣畢竟是一個重情重義的人，所以在探測到傅盈傷心欲絕的樣子後，腦子裏便又痛了起來，似乎有一絲極淡的影像浮現，但想要抓住時卻又無處可尋。

周宣暗暗嘆了口氣，眼下這個當口，他只能做出一個選擇，而他還是選擇了魏曉雨，不論他以前做了什麼，對傅盈欠下多少債，現在他都不能扔下魏曉雨。

凝成束的異能往旁邊一擺動，周宣想要把傅盈的車弄停下來，讓她再也追不上自己這輛車時，異能卻忽然探測到，就在傅盈的前邊，也就是離自己這輛車更近一些的距離中，有兩輛車很奇怪。

周宣一驚之下，仔細再探測了一下。

奇怪的其實並不是這兩輛車，車其實很普通，奇怪的是車裏的人。周宣用異能探測了一下，兩輛車裏的人，他都無法探測到原來的形狀，而是一個人形的白色霧影。

一探測到這種形狀的影像，周宣頓時大吃一驚。

這種霧影的形狀，他可不陌生。之前在摩洛哥時，那個襲擊圖魯克親王的殺手就是這種形態，周宣可以肯定，這兩個白色霧狀形態的人，跟殺圖魯克親王的殺手肯定有關聯，至少是同出一脈的。

自己異能探測不到，就表明他們只屬於兩種情況，一是他們身上有異能，二是他們可能沒有異能，但身上含有別的異能者注入的異能量，還有第三種情況，就是他們擁有一件異能器具在身，比如九龍鼎或九星珠之類的東西。

如果這兩輛車上的人跟之前那個殺手有關的話，那就麻煩了，周宣幾乎能肯定，這兩個人就是來對付他的，因爲之前那個殺手也是死在了他的手中，雖然不是他直接殺的，但是周宣轉化改造過的子彈把他給消滅了，等於他還是死在了周宣的手中。

既然有這樣神秘而又恐怖的殺手組織，能找到並跟蹤他們，周宣自然不會覺得奇怪，他們本就沒有隱藏身分，能查到並不奇怪，只是周宣等人使用異能子彈的事很隱秘，外人並不知曉，而且異能子彈在射出後不會留下任何痕跡，對方即使要查，也不容易查清楚。

但有一點周宣可以肯定的是，對方派了殺手來，是要殺掉圖魯克親王的，但任務顯然失敗了，而且他們的人也死了，不管查不查得清楚事實，他們都能肯定，這事與圖魯克親王脫不了干係，要幹得最直接的話，只要跟著圖魯克親王就行了。

事實上，他們也是這樣幹的。不過周宣是圖魯克的護衛之一，這一下落了單，倒是可以把他擒下來，問清楚所有情況。對於自己的能力，他們從來就沒懷疑過。這一次刺殺圖魯克親王是第一次失手，也是第一次讓他們感到詫異意外的事，在他們看來，殺掉周宣事小，查清楚他們的人是怎麼死的事大。

畢竟，他們派出的殺手不僅任務沒有完成，而且連性命都丟了，這種事對神秘莫測的「屠手」來講，簡直就是一個奇恥大辱。組織成立以來，他們還從沒有失敗記錄，這一次的失手，讓他們如何能忍得下去？

這一次失手傳出去後，對於他們以後的生意是肯定有影響的，無數的要求者找上他們，

就是因爲屠手的厲害和神秘具有招牌作用，從沒有失敗記錄的屠手從今天起，也變成了一個有瑕疵的屠手，想想便知道，一件完好無損的古董與一個缺了口的古董，價格自然就遠爲不同了。

所以，屠手組織在得到殺手殞命的消息時，便派出了屠手組織中的精英力量來查清原因。一查之下，自然是得不到真正有用的線索，只能從目標人物圖魯克身上著手，要查圖魯克，也就得先除掉他身邊的護衛。

平時，圖魯克的護衛都在圖魯克身旁不曾離開，殺手組織的人跟蹤到倫敦後，圖魯克一行在酒店中閒住了幾日才出門，沒有絕對把握的時候，屠手也不會出手，靜候之下，等到了周宣和魏曉雨地先行離開，讓等候的屠手認爲是一個絕好的良機，準備把周宣等二人擒下來問個清楚。

本來，按照他們的習慣，從來只有接下殺人的任務，沒有捉人綁架的事，這可是第一次有如此的行爲。

周宣自然也是沒料到會有這樣的事發生，對於屠手組織，他更是聽都未曾聽過，聞也未曾聞過，從不知道屠手組織在殺手界中的超然地位，是以自然就不會有什麼害怕的想法了。

但現在，周宣探測到這兩輛車上的人竟然跟上一次刺殺圖魯克的殺手一模一樣時，頓時吃驚起來，要是這兩個人跟那個殺手有同樣的能力，不說有別的能力吧，就是有那一種無堅不摧的異能子彈，那也是極爲可怕的事了。

兩輛車緊緊跟隨著，周宣又仔細探測了公路上在他異能範圍中的一切車輛，還好，就只有這兩輛車上的人是那樣，其他車輛上的人都是普通人，這才把注意力全部集中到了這兩輛車上。

雖然探測不到這兩個人的完全模樣，但白色霧狀的人形有什麼動作，還是能看得出來。

周宣想了想，先運起異能去試探了一下這兩輛車，果然如他所想，這兩輛車他也轉化吞噬不了，那就只能等著看會發生什麼事了。

第八十四章

情敵

都說愛情是自私的，這話還真不假。
別的都可以捨棄，唯獨愛人不可以。
兩個人當初從情敵轉變為好姐妹好朋友，
此刻卻又從好朋友變回了情敵，
照現在這個情形看，兩個人甚至還有可能變成死敵。

兩輛車與他們那輛計程車的距離相隔約有一百米左右，而傅盈的車反而更遠一些，約有一百二十米左右。

魏曉雨半點也不曾知曉，公路上車輛太多，這兩輛車跟蹤的距離又超過了一百米，除了周宣用異能能探測出外，其他人，就是經驗再好的精英高手，也不容易發覺。

周宣忽然一伸手說道：「司機，停車停車，我們要下車。」

那司機雖然聽不懂周宣說的話，但那手勢他卻是明白，當即把車往路邊上一靠，嘎吱一聲停了下來。

這裡與要回去的酒店還遠得很，魏曉雨極是詫異地看著周宣，不知道他爲什麼忽然要在這裏下車，但瞧周宣臉上的神情慎重緊張，當即肯定是有別的原因，趕緊給司機付了車錢。

周宣下車後，立即運起了全部的異能防護著，同時把魏曉雨拉到自己背後。

發覺周宣下車後，後面跟蹤的兩輛車當即就將速度慢了下來。傅盈當然不知道，瞬間便超越了那兩輛車，上前後看到周宣和魏曉雨下了車，站在路邊向她這個方向望。

周宣雖然能探測得到傅盈，但卻無法向她表達危險，讓她不要跟著過來，那兩個人要真是動手的話，周宣根本就不敢想像會是什麼樣的情況，就算跟以前刺殺圖魯克的那個殺手一樣，周宣也沒有把握再接住那樣的子彈。

看起來，傅盈是不會輕易放棄跟蹤的，如果就這樣跟過來，周宣甚至想像得到，她一定會被誤傷。雖然自己腦子裏沒有她的一丁點記憶，但同樣不希望看到她會出什麼危險，下意識裏，周宣覺得自己可以為了傅盈的安全而不顧一切做任何事，就像對待魏曉雨一樣。

所以一下車，周宣幾乎沒有考慮便望向了傅盈的車子，等她一靠近後便伸手一招，讓她停下來。傅盈一怔，以為周宣發覺她跟蹤後要對她發火，否則，又怎麼會特地下車來等候她呢？

傅盈心裏忐忑不安，把車停了下來，靠到了周宣所站立的路邊。周宣不多話，立刻伸手把車門打開，一彎腰便鑽了進去。當然，另一隻手拖著魏曉雨也鑽進車來，然後對傅盈低聲急道：「開車，趕緊開車。」

傅盈一怔，詫道：「到哪裡？」心裏更是不知所措。

「越偏僻的地方越好，往哪裡都行，趕緊開就是了。」周宣一邊揮手示意，一邊又運著異能探測著後面那兩輛車的動靜。

周宣和魏曉雨上了傅盈的車，倒是有些出乎那兩個殺手的意料，等到傅盈把車開動後，兩個人又加速緊緊地跟上了。

其實，周宣並不是不知道越到偏僻的地方越危險。在人多的地方，對方或許還有什麼顧忌，但到了偏僻無人的地方時，要動手可就沒什麼顧忌了。

但周宣是想，這兩個人絕不會輕易罷手，但在人多的地方，這兩個人或許會使用狙擊

槍，那是周宣最爲忌憚的事。

但如果到了偏僻的地方，那兩個人或許會合圍夾攻，有可能依仗武器或者異能而不會使用狙擊槍，只要在兩百米的範圍以內，周宣就有機會用異能與對方硬拼一下，就算來個兩敗俱傷，那也能保證魏曉雨和傅盈的安全，這樣，他的目的就算達到了。

只要自己不當場死掉，憑著超強的異能恢復能力，傷再重自己也不用擔心，要不了多久就會恢復。

再說，周宣雖然探測不到那兩個人是什麼異能，但從各方面來猜測，這兩個人即使有異能，也不會強過他，以他們的行動便能得知，自己只需要讓他們兩個放心自己逃不掉，不會使用狙擊槍就算贏了。

上一次那個殺手已經死無對證，就算他們找到他的屍體，那也得不到任何的線索，因爲那些子彈都是周宣用清水做成的冰子彈頭，現場沒有留下一丁點的痕跡，所以他們根本就不知道自己身有異能，找上門來，只是例行性的，從目標人物圖魯克親王身上找破綻找線索而已，換了自己，要想查出同伴的死因，同樣也只能先找到圖魯克親王，從他身上下手。

這兩個殺手找上他，也算是湊巧，因爲自己和曉雨剛好離開圖魯克親王單獨行動，反倒成了他們最好的目標了。

魏曉雨忽然被周宣拉上了傅盈的車，她根本就不知道傅盈在跟蹤他們，一下子忽然發生的事，她還來不及做出反應。

等上了車後才省悟過來，魏曉雨當即用手一甩周宣握住她的手，惱道：「我要下車。」說著，魏曉雨就要打開車門往下跳。周宣一把挽住她的腰，低聲喝道：

「別任性，聽我說，後面有殺手在跟蹤我們，現在不是鬧情緒的時候。」

「你怎麼知道有殺手？」魏曉雨和傅盈同時問道，隨即倆人都各自觀察著後邊的情況。魏曉雨往後車窗玻璃外看過去，傅盈則是從車前的照後鏡裏觀察著，但茫茫車流中，她們兩個都未能看出有什麼不同。不過兩個人都沒再發問，傅盈更是加快了車速，因爲她們兩個人都知道周宣身有異能，觀察力比她們要強得太多，這並不奇怪。

只是，傅盈不明白的是，周宣既然知道有殺手跟蹤，爲什麼還要下車改搭她的車？

唯一的解釋就是，周宣知道她在跟蹤他們，又有殺手追隨而來，周宣是擔心她的安危，所以才不坐計程車而改乘她的車。看來，周宣就算失去了記憶，心中還是會擔心她。

魏曉雨掙扎了一下沒有再動，但嘴裏卻是氣惱地說道：

「我要下車，我不坐這輛車！」

傅盈當即冷哼道：「魏曉雨，我都沒和你計較了，我看你也就別演戲了，到底你是苦主，還是我是苦主？」

魏曉雨現在面對傅盈時，要比剛開始看到傅盈時要好得多了。很多人都是這樣，在事情沒發生時會害怕，真正處在危險當中時，反是一點也不害怕了。魏曉雨現在就是那種情況，面對傅盈，她害怕擔心的念頭反而弱了，想要維護自己跟周宣的愛巢的念頭，讓她變得無比強勢。

「誰是苦主還很難說，周宣現在是我丈夫，是我未來孩子的爸爸！」魏曉雨毫不示弱地說著，當初跟傅盈的友情已蕩然無存。

都說愛情是自私的，這話還真不假。別的都可以捨棄，唯獨愛人不可以。兩個人當初從情敵轉變爲好姐妹好朋友，此刻卻又從好朋友變回了情敵，照現在這個情形看，兩個人甚至還有可能變成死敵。

「哼哼哼，還有孩子了……」傅盈嘴裏冷哼著，但眼神中明顯露出了淒苦酸楚的表情。不論怎麼樣，周宣跟魏曉雨可是有了真正的夫妻關係，魏曉雨肚裏又有了周宣的孩子，那真是一個大麻煩。傅盈也不知道，假使以後周宣又恢復了記憶，又想起了她，那之後又會怎麼樣呢？魏曉雨和她的孩子，周宣會怎麼對待呢？

傅盈越想越苦，越想越難受，眼淚迷濛，頓時看不清前方的路，車子歪歪斜斜前行著，周宣驚叫道：「傅盈……你……你……開好車……」

傅盈此刻哪裡會管開不開得好車，氣苦之下，索性一頭埋倒在方向盤上，額頭把喇叭壓得連響不停。

周宣大駭，眼見車往路邊的護欄撞去，如果不轉彎，馬上就會翻進護欄外的溝裏去，急切之下，趕緊從後座上起身，一雙手從傅盈身後環繞過去掌握住方向盤，使勁把方向盤打了回來。

魏曉雨在旁邊也嚇得冷汗直流。

車子在道路上正常行駛後，周宣仍然以摟著傅盈的姿勢開著車，魏曉雨見狀，不禁起了妒意，惱道：「周宣！有這樣開車的嗎？真想那麼親熱的話，你停下車放我下去，等我下車了，隨便你們怎麼親熱！」

魏曉雨的氣話周宣自然不理會，異能又探測到後面那兩個殺手跟得更緊了些，這時候他可不敢鬆懈，如果一停車，搞不好那兩個殺手會開槍也說不定。現在還沒出城，不能有那樣的舉動，最好是照著現在的速度前行。

而周宣讓傅盈選擇出城往郊區的方向，也正合那兩個殺手的意，在郊區的野外地帶，沒有行人路過，正好讓他們行事。

傅盈雖然傷心，但身子被周宣雙臂環繞住，雖然他並不是在摟抱自己，而是在開車，但這種感覺已經很久沒有過了，這一下讓她全身都發起抖來，周宣那手臂上傳過來的體溫和有力的感覺讓她陶醉，在這一刻，她寧願時間就此靜止。

說到靜止時間，傅盈又惱恨起來，這一切都是那九龍鼎九星珠鬧出來的，要不是九龍鼎讓她穿越了時空，她又怎麼會忘記了以前的記憶？

如果不是那段經歷，她早已經跟周宣美滿地結了婚，過著開心的日子，又怎麼會像現在這樣淒苦地過著思念卻又到不了頭的日子？

被周宣摟抱著的感覺讓傅盈沉醉，渾不管現在的情勢有多麼危急，就算下一秒是踏入地獄，傅盈也不去理會。

周宣此刻自然顧不得魏曉雨和傅盈之間的爭風吃醋，一邊開著車，一邊用異能探測著後面兩輛車的行蹤。看魏曉雨裝模作樣地要開車門，忍不住惱道：

「不要給我添麻煩好不好？不想活了？那好，找個懸崖把車開下去，咱們三個人一齊完蛋算了！」

魏曉雨見周宣焦頭爛額、又惱又急的樣子，頓時嚇得不敢再說話，規規矩矩地坐在車裏。傅盈也任由周宣開著車，只是這個姿勢太不雅觀，不過她也不管，仍狠狠地踩了油門。

車往前迅速奔馳，周宣幾乎是摟著傅盈的身子掌控著方向盤，但腳下油門卻是在傅盈的掌握中，一點也不好開。

油門踩得猛，車速很快，周宣只是叫道：

「彎道上慢一點，小……小心……」

傅盈哼哼著道：「你不是想我們三個人一齊死麼，那我就遂了你的意思吧。」話雖這樣說，但在車轉彎的時候，還是控制了踩油門的力道。卻是不去接手方向盤，任由周宣掌握，有他摟著自己的感覺太溫暖了。

周宣很吃力，皺著眉頭說道：「傅小姐，你到後面來可以嗎？還是我來開車吧。」顯然，這個姿勢讓周宣覺得太不舒服了。

傅盈正在感慨時，忽然聽到周宣這麼說，不禁一陣失落，惱道：「死就死吧，反正我也不想活了。」

周宣趕緊手忙腳亂地再次握緊方向盤，說道：「你又怎麼了？」

「以前你都叫我盈盈，今天叫我傅小姐，叫她卻是『曉雨』，我活著還有什麼意思？」傅盈惱道，明知道周宣是失憶了，不知道自己的往事經歷，但聽到周宣親熱地稱呼魏曉雨，生分地稱呼自己，心裡就受不了，忍不住說了氣話。

周宣這時發覺到後面那兩輛車加快了速度，靠得更近了些，似乎有些想行動的意思，趕緊說道：「好好好，我叫你盈盈！盈盈，好好開車，我不想死，你們兩個都不能死，拜託好好開車吧！」

這裏的地段已經是郊區，公路兩邊是樹林，別說行人，就是過往的車輛都已經很少見到，周宣已經探測到後面一輛車中的白色霧狀人影在一邊開車，一邊拿出槍來。

身體。

周宣頓時緊張起來，對方異能子彈的厲害，他可是最清楚了，就算是普通的步槍子彈，因爲速度太快，他的異能吞噬起來也是極爲困難，而且吞噬子彈的衝擊力將會嚴重傷害他的身體。

如果是異能子彈，周宣甚至都不敢想像會是什麼後果，他也不敢拿這個做試驗。

以周宣現在這個姿勢和他開車的技術，無論如何也不是後面那兩個殺手的對手，眼看兩個殺手越逼越近，周宣急切地把方向盤一扭，把車頭一轉，開進了樹林中。

傅盈眼見前面沒有了去路，再開就會撞在樹上，雖然說了不想活的氣話，但真心還是想周宣過得好好的，所以趕緊把油門鬆了，猛踩下剎車。

周宣「啊喲」一聲，身子往前一撲，只能將傅盈更緊地摟住。傅盈給他摟得心裏顫動，一剎那天昏地暗的感覺，只想摟著周宣到天荒地老。

車一停，周宣顧不得再多做等待，把車門打開，先拖著魏曉雨下車，再到前門拉傅盈下車，但傅盈繫著安全帶，扯了一下，沒拉動，周宣一急，異能運起，把安全帶轉化吞噬掉，再把傅盈拉下車，接著一手一個，拉著兩個女孩子就往樹林裏跑。

由於有周宣領著，兩個女孩子一點都不急不驚，驚恐的只有周宣一個人，他在心裏考慮著要用什麼方法來對抗那兩個殺手。現在，他最擔心的就是兩個女孩子的安危，如果只有他一個人，反而不會那麼害怕。

現在，兩個殺手各拿了一支半自動步槍，然後棄車緊緊追進樹林中來，與他們相距的距離大約只有八十米。在這個距離中，如果他們的步槍子彈是用異能子彈，就算有樹木遮擋那也沒有用處，異能子彈穿透樹幹那是輕而易舉的事。

周宣因擔心兩個女孩子的安危，竟然累得氣喘吁吁地竄到一棵大樹後坐倒在地。這棵大樹的樹幹極是粗大，幾乎要幾個人合圍，他們三個人坐到樹幹背後完全給遮擋住了。

周宣低低地問傅盈和魏曉雨：「你們兩個人身上有沒有槍？」

傅盈搖了搖頭，魏曉雨卻是點點頭，她本是玩槍的高手，槍法比圖魯克手下其他護衛都要高明，所以配有手槍，只有周宣沒有拿槍。

周宣急急地伸手道：「把手槍裏的子彈給我。」

魏曉雨當即明白了周宣的意思，趕緊把手槍拿出來，然後把彈匣取出來遞給周宣。彈匣裏有十二顆子彈，周宣並沒有把子彈一顆顆取出來，而是運起異能灌注到子彈裏面去，然後再把彈匣還給魏曉雨，說道：

「你槍法最好，你拿著。」

周宣說著，又仔細探測了一下那兩個殺手的位置，兩個殺手一邊彎腰追過來，一邊從步

槍的瞄準器裏觀察著周宣等人的位置。

從這一點，周宣就可以肯定，這兩個殺手其實並不會透視眼等特異能力，所憑藉的只是步槍上那個瞄準器，大概那個東西才有透視的作用。

周宣又再注意了一下，那兩個殺手從瞄準器裏搜尋他們的蹤影時，面前有許多樹木遮擋，如果無法透視，那他們不可能知道自己三個人的行蹤。兩名殺手跟過來的方向和位置卻是沒有半點差錯，如同看到周宣等三個人的身影跟過來的一般。

周宣又發覺，那兩名殺手，槍口一直對著魏曉雨和傅盈，不禁有些奇怪，沒理由他們會對自己手下留情，而只對付傅盈和魏曉雨兩個女孩子吧？

周宣想了想，忽然間恍然大悟，這兩個殺手不是想放過他，而是從瞄準器裏根本就看不到他，就跟自己用異能探測他們時，也只能看到人形的白霧一般。因爲自己身上有異能，那兩個殺手的工具看不到他，顯然是異能起到了干擾的作用，而魏曉雨和傅盈兩個女孩子身上因爲沒有異能，所以兩個殺手才能看到她們。

周宣一想到這一層，當即運起異能灌注到傅盈和魏曉雨身上，然後拖著她們兩個人彎腰閃到另一邊的大樹後。

再探測那兩個殺手時，周宣果然發現，那兩個殺手待在原地，瞄著瞄準器進行了三百六十度的角度搜尋他們的蹤影，但十數秒過後，那兩名殺手只是相互望了望，似乎很呆滯的樣子。

周宣高興起來，事情果然如他所料。兩名殺手失去了他們三個人的蹤影，從瞄準設備裏再也看不到他們的行蹤了，自己雖然也探測不到他們的相貌，但卻可以探測到白霧一般的身形。

這樣一來，他就占了絕對的上風，因爲他可以從人形白霧的位置確定兩個殺手的位置，只是自己的槍法不好，就算知道他們的位置，估計也難打得準。

周宣想了想，趁那兩個殺手驚慌失措的時候，趕緊低聲對魏曉雨說道：

「曉雨，對方有兩個人，一個在這……另一個在……」

他說了個大概的位置，然後又撿了個小石子畫了個地圖，把那兩個人的位置講了出來。

魏曉雨從圖上也只能猜個大概，而不能確定到底在哪裡，畢竟她沒有異能，探測不到，周宣說得再清楚，她也沒辦法準確定位。不過，還是趕緊拿手槍瞄著周宣指的方向，說道：

「我慢慢轉槍口，你確定位置，我來開槍。」

周宣點點頭，魏曉雨把槍口平端，然後對著來時的路徑。不過，槍口正面就是一棵大樹，擋住了，但有周宣做出的異能子彈，這倒是一點問題都沒有。

周宣探測著那兩個殺手的位置，然後順著槍口瞄過去，用手調著方向和高低的距離，最後確定後點了點頭，低聲道：「就在這個方向。」

魏曉雨看了看前面，然後又測試了一下高低，槍口瞄著的殺手是彎著腰的，以自己的經驗來估計殺手的要害位置，凝神靜氣地握住手槍。

周宣這時全神貫注運著異能探測著，魏曉雨射出的那顆子彈接連穿透過樹幹，帶著尖利的哨聲，飛速地射到兩名殺手中靠前的那一個身前，不容他有所反應，子彈已從他右肩射入，左後背出，帶著一股噴薄而出的血箭繼續射向身後的樹林中。

那個殺手低低地痛呼一聲，一跤仰天跌倒，倒下地後，咬緊了牙關不敢呼出聲來，而另一名殺手趕緊臥倒在地，對著子彈射過來的方向緊張地瞄準著。

周宣早有估計，在魏曉雨一槍射出後，就趕緊又拉著魏曉雨和傅盈兩個女孩子竄到五六米外的樹後。

另一個殺手從瞄準器裏仍然看不到任何的人影，驚慌之下，也顧不得其他，對著剛剛子彈射過來的方向一連開了好幾槍。

兩個殺手，一個受傷，一個接連開槍，雖然沒有目標準頭，但異能子彈超乎尋常的穿透力讓周宣等三個人不敢有一丁點的大意，三個人快速竄開後，立即伏倒在地，幾顆子彈雜亂地從頭頂和身旁穿過，嚇得三個人都出了一身冷汗。

還好另一個殺手被周宣調整好角度，讓魏曉雨開槍打成重傷了，減少了一半的威脅。

周宣心裏暫時鬆了一口氣。

周宣對新出現的這兩個殺手雖然很忌憚，但知道這絕不是最可怕的，最可怕的是這些殺手背後那個能製作出異能子彈和透視裝置的人。

毫無疑問，那個人肯定是一個會異能的人。周宣擔心害怕的是他。這時敵人在暗他在明，就算對手還不知道他的存在，但只要從圖魯克身上慢慢追查，遲早會把一切都查出來。

周宣其實最擔心的還是魏曉雨的安危，而且現在還多了一個傅盈，如何令他不頭疼？

不過，魏曉雨和傅盈兩個都是見過大陣仗的人，給周宣扯倒伏在地上後並不驚慌，倒是周宣有點驚慌失措。

那個殺手顯然也是經驗極爲豐富的人，雖然看不到周宣幾個人的蹤影，但豐富的經驗讓他馬上調整好，然後繞著八字形的路形彎腰前行，行進的方向正是周宣等人藏身的地方，只要再前行七八十米，那個殺手就能找到他們。

周宣一急之下，趕緊把魏曉雨手中的手槍搶了過來，現在要慢慢幫她調校方向和準確度已經來不及了。周宣立即瞄準那個彎腰前行的殺手，但那個殺手正在快速前行中，要瞄準移動的目標難度頗大，要是換了魏曉雨，倒是沒有問題，在這樣的距離中，她絕對是有百分之百的把握一槍斃命，但魏曉雨又沒有異能，不可能透過樹木看到那個殺手，所以即使她拿著槍，也對那個殺手構成不了威脅。

只是周宣的槍法實在太差，又沒有經過任何訓練，心裏又急，拿著槍對著前行的殺手就開了兩槍，槍的後座力讓他的手顫抖起來，一顆子彈飛得無影無蹤，另一顆子彈卻是碰巧從那個殺手頭皮掠過，射落了一叢頭髮，把那殺手的頭皮處弄出了一條溝來。

這一槍不是周宣的槍法好，而是他歪打正著，要是再矮了幾分，那一槍就將那殺手爆了頭了。

那殺手驚得一跤跌翻在草叢裏，再也不敢動彈，從這一槍來估計，對方似乎也有跟他們一樣的透視工具，否則又怎麼能像沒有阻礙一樣地看到他？

只是躲在草叢裏依然不安全，那殺手撲倒在地的那一刹那，憑著感覺端槍瞄準，打開保險，開槍，再上膛，再開槍，一邊三槍朝著射來子彈的方向還擊著。

周宣和傅盈魏曉雨兩個人是緊靠在一起的，那殺手的三槍，有兩顆子彈是射向傅盈的，周宣異能探測得很清楚，但想要把傅盈推開卻是來不及，想也不想地便運起全部的異能來做對抗。

因爲不能轉化吞噬對方的異能子彈，周宣只能用異能築起一道強勁的能量防護罩，同時再用自己能達到的太陽烈焰高溫遮擋在防護罩後面。

第一顆異能子彈與防護罩一對碰，周宣全身一震，防護罩便如防彈玻璃被撞擊一般，雖然沒有響聲，但防護罩被撞擊處露出了魚鱗般的碎紋，當然，這只是周宣自己能感覺到，肉眼是看不到的。

那異能子彈與周宣的異能防護罩一對碰，將防護罩碰成碎紋後，接著就被周宣的太陽烈焰高溫熔化成空氣消失不見，但周宣也給震得心口難受不堪，似乎給一股氣堵在了心頭，無比的難受。

但不容周宣鬆懈，第二顆子彈幾乎是同時射到，周宣如果防護不住，傅盈就會被這顆子彈射穿身體，周宣咬牙再強行把殘餘的異能運起，凝結起防護盾，那顆子彈也瞬間與周宣凝結起的防護盾猛烈撞擊。

因爲是剩餘的異能凝結的防護盾，所以周宣的防護能力降低了一半，子彈一撞擊，防護盾一刹那就分崩碎裂，但子彈的速度也下降了許多，再往前射進時，周宣奮力撲過去把傅盈壓在身底，同時伸手一把抓住那顆子彈，在掌心裏迅速用太陽烈焰能力燒熔著子彈頭。

碰撞後的子彈頭裏已經沒有了異能，所以周宣的太陽烈焰立刻將子彈頭熔掉了，但同時擋住了兩次子彈衝擊。

周宣的異能損耗嚴重，喉頭發甜，一口鮮血在喉間蕩漾，好不容易才把這口鮮血硬生生給吞了下去，全身的力氣也提不起來，只能盡力把手槍朝著那個殺手臥倒的位置再補上幾槍。

到底還是有異能的原因，周宣即使是不懂槍法，但一法通百法通，試了幾次後，三槍射

出，只有一顆子彈打空，剩下兩顆，一顆射在那殺手右大腿上，另一顆子彈卻是對著心房射進，從他後背穿出。

這一槍離那殺手的心臟只差了一毫米遠，不過雖然沒射中心臟，但同樣是受了極重的傷，胸前背後鮮血噴湧，行動能力嚴重受損。

兩個殺手都被他們開槍射中，受了重傷，現在，除了他們的異能子彈還有些威脅之外，他們本人的威脅力幾乎可以不論了，但周宣也沒有了再動手的能力，這時候，就算是一個普通人再對他們動手，周宣也沒有半分反抗的能力了。

傅盈從周宣身底下鑽出來。周宣一口鮮血忍不住噴了她一胸口，頓時把傅盈和魏曉雨兩個人嚇得要命，趕緊靠前過來扶著他，連連詢問和查看傷勢。

周宣微微搖了搖頭，說道：

「我沒事，只是力氣用盡了，歇一會兒就會好，現在要注意的是那兩個殺手，他們雖然都中了槍，但他們手裏的槍還有異能子彈，對我們的威脅依然存在。」

周宣說著，又運起殘餘的異能探測著那兩個殺手的情況。

兩個殺手都受了重傷，行動受損，後面受傷的那個殺手掙扎著，用對講機跟前面受傷的那個殺手說著什麼。周宣也聽不懂，但探測到第一個殺手咬牙切齒的模樣覺得不太對勁，見到他用右手在左手腕上點了點，似乎是在手表模樣的東西上面點了幾下。

周宣大吃一驚，這東西他可不陌生，之前那個殺手最後就是在垂死之際引發了手腕上那個爆炸力驚人的東西，結果是方圓數百米之內萬物皆毀。而現在，周宣離他們的距離在一百米以內，如果他引爆那個炸彈，他可是再也沒有能力來防護了。

異能不足平時的兩成，這個狀態凝結成的防護罩是萬萬擋不住那個爆炸力的。再說，殺手有兩個，還有一個如果再引爆的話，周宣可以肯定，他們三個人會在這強橫的爆炸力下統統化為灰燼。

就在周宣驚慌錯亂的時候，另一個殺手果然也按動了手腕上的機關，兩個爆炸物眼看就會在幾秒鐘內爆炸。

周宣哀嘆了一聲，天要滅他們，那也沒有辦法。此刻的他已經不可能再抵擋得住這兩下爆炸，只能聽天由命了。

第八十五章

舊愛新歡

周宣清楚地探測到，
那兩枚手表模樣的東西不到一秒鐘的時間就會爆炸，
索性閉了眼，一手摟了一個女孩，不管是舊愛還是新歡，
不論有什麼樣的往事過節，現在都將在一剎那中灰飛煙滅，
就隨它去吧。

傅盈和魏曉雨並不清楚現在的情況，也不知道她們的生命即將要在這一刻結束。

周宣卻清楚地探測到，那兩枚手表模樣的東西不到一秒鐘的時間就會爆炸，索性閉了眼，一手摟了一個女孩，不管是舊愛還是新歡，不論有什麼樣的往事過節，現在都將在一剎那中灰飛煙滅，就隨它去吧。

也就在這一刻，周宣忽然發覺有一道人影從一棵大樹上飛躍而下，躍下的時候，整個人似乎化作了一蓬丈八長的刀影，刀影閃動，迎面與爆炸的震波相撞，這種波動一相撞，沒有爆炸時的響聲，但震動波就如同倒帶的影片一樣，爆炸波竟然被迅速地壓收了回去。

周宣吃了一驚，不知道這個忽然冒出來的人是誰，但不可否認的是，這個人救了他們的命。

那一刀的威力超乎尋常的想像，兩個爆炸物的強勁波動給他一刀硬生生地完全逼了回去，在把爆炸力壓制在一個丈許方圓的範圍。

那個人悶哼一聲，嘴角溢出了一道血絲，爆炸力是給逼住了，但自己也受了傷。

那兩枚爆炸物的威力完全消失後，周宣探測到，那個爆炸圈裏的樣子簡直是恐怖，丈許寬的圈子中，草木盡皆化爲烏有，連地下的土地岩石都變成深褐色，彷彿被火山爆發時的熔漿澆注過。

周宣詫異不已，這個人是從哪裡冒出來的？他半點沒有察覺，而且，這個人的身手也很強勁，周宣肯定，他施展出的不是武術，這一手他從來沒見過。

緊接著，那個人檢查了一下兩個殺手的爆炸現場，找不到任何線索及遺留物後，這才直身往周宣這個方向走來。

周宣頓時又緊張起來。這個人來路不明，雖然出手救了他們三個人，但到底是友是敵，可就不一定了。

周宣的緊張讓魏曉雨和傅盈都察覺到了，趕緊低聲問道：「怎麼了？」

周宣做了個噤聲的表情，然後悄悄說道：「有個很厲害的人來了，我不認識，不知道是友是敵，但是他剛剛救了我們一命。」

傅盈跟魏曉雨都是多次跟周宣在一起，見證過許多不可思議的事與人，腦中當即思索著，這個人會是誰？

以前經歷過的人中，有異能的只有馬樹，但馬樹已經在九龍鼎穿梭時空的時候給炸死了，剩下的如安國清、安婕父女倆都沒有異能，兩人雖然壞，但還不至於到周宣說的「很厲害」的程度。

而且，就算遇見了這些有異能的人，要說到厲害程度，那還是遠不及周宣的，現在連周宣自己都說很厲害，那就是真的不簡單了，搜尋記憶中，應該是沒有這樣的人了，那會是誰呢？

周宣心如電轉，那個人似乎是慢慢走近，但速度卻又不慢，終於在離他們只有五六米的地方站定了。

周宣這時已經可以用眼睛看到他了，異能探測時看不清他的相貌，因爲他身上也包含了他無法探測出的氣息，但走近後，眼睛卻是可以看到。

這是一個二十七八歲模樣的東方男子，說不上英俊或者平凡，看起來很耐看，一雙眼睛特別妖異。

當然，這只是周宣的感覺，不是說他的眼睛長得妖異，而是他眼睛裏的視線很妖異，有一種不可測探的神秘感。

周宣與他相互對視了一陣，隨即那個男子咧嘴一笑，露出一口森森白牙，說道：

「周先生，嘿嘿，又見面了。」

周宣一怔，詫道：「你認識我？我們見過？」

那個男子也是一愣，詫道：「你不認識我？在東海的油輪上，我是毛峰，想起來沒有？」

「毛峰？」周宣怔了怔道，「我不記得了，我失去記憶了，也不知道我自己以前的任何事，所以很抱歉，我不認得你。」

毛峰愕然一下，隨即又嘿嘿笑道：

「不記得便不記得吧，我可是花了不少的工夫力氣才找到你，卻沒想到，你竟然也跟『屠手』的人交上了手。」

「屠手？是什麼東西？」周宣又詫問道，「是不是剛剛你制服的那兩個殺手？」

毛峰點點頭，沉聲道：「對，就是他們，我在法國南部追蹤到他們的一個極重要的人物，正面對敵之下，還是給他逃了。不過我也受了些傷，傷好後，又接到手下的彙報說，找到了你的行蹤，我就馬不停蹄趕到倫敦，依照手下告訴我的路線追過來。倒好，剛好救到了你。」

傅盈和魏曉雨相視一望，眼睛微微一眨，兩人心靈相通，迅即在一剎那縱躍而起，一左一右以雷霆萬鈞般的壓力襲擊毛峰，以她們兩個人的實力，同時全力出手之下，便是一個絕頂高手也不容易輕易接招。

周宣明白，魏曉雨和傅盈的功底可都不是一般的厲害，要說那個毛峰，恐怕也不容易應付。

當然，這只是魏曉雨和傅盈的想法，周宣知道不會那麼簡單，若是魏曉雨和傅盈來襲擊他，他就算是不伸手動腳，異能也能將她們兩個人制服得動彈不得。

果然，毛峰只是淡淡一笑，眉尖一動，手掌並起如刀劈出，一道無形的勁氣就阻擋住魏

曉雨和傅盈前進的步子。

周宣叫道：「毛先生手下留情。」急切間伸手急彈，異能湧出，與毛峰的無形勁氣一對碰，兩人都是全身一震，毛峰退了三四步，周宣卻是往後翻了幾個滾，顯得狼狽不堪。

而傅盈和魏曉雨也被他們兩個碰撞產生的勁氣激得跌開數米，坐倒在草叢中。

毛峰站定身子後才嘿嘿笑道：「周老弟放心，我並無傷她們的意圖，嘿嘿，周老弟倒是一個多情種啊。」

周宣這才放了心。不過想想也是，剛剛自己的異能與他的勁氣對碰時，毛峰並沒有顯露殺機，施放出來的勁氣一觸即收，並不像是要殺人的樣子。

再說，如果要動手殺他們，那他剛才又何必出手相救？直接在旁邊看戲就好了。爆炸的能量就足以把周宣三個人送上西天，不用他再費事費力動手。

而且，周宣現在是能力大損，在沒有恢復的情況下，比毛峰差了好幾籌，真要動手，以現在兩人動手相碰的情況來估計，周宣還真不是他的對手。

不過，周宣要是拼命相搏，毛峰也討不了好去，以真正的實力來講，周宣還要比他強一些，而毛峰在剛剛相碰的那一下便知道，周宣是自己凝練出來的異能，而他只不過是借助有能力的外物，一個是自身，一個是外物，兩相比較，就如同一個人好手好腳，一個人卻是殘廢，沒有了手，在臂上安裝了一隻假手，如果動手的話，假手自然不如真手靈動方便了。

毛峰嘿嘿笑著，攤攤手又說道：

「周老弟，我也實話實說吧，我們兩個有一個共同的目標敵人，那就是『屠手』。從你遇見過的這幾個屠手的外層殺手來看，我想你也能估計到他們的厲害。我不妨對你這樣說吧，我與屠手組織的一個很重要的人動過手，我跟他的實力不相上下。用你們中國話說，就是半斤八兩。當然，那個人也不是屠手裏最厲害的人，如果真遇到屠手中最厲害的人，只怕我也敵不過。嘿嘿，我再告訴你吧，凡是惹上了屠手的人，不管是用什麼方法，屠手都會想方設法把對手除掉，所以說，現在你我只能聯手來對抗他們。」

周宣呆怔不已，半晌才問道：「屠手到底是個什麼東西？黑社會組織？」

毛峰嘿嘿一笑，對於周宣的問話，他的確有些無語，忍不住苦笑道：

「周老弟，看來你是真的失憶了，也好，不論之前我們有什麼過節都不去談論，只要我們聯手把屠手除掉就好，否則你我從此都睡不得好覺，一生都要活在被追殺的逃亡生活中了。」

周宣還在想著屠手是什麼時，魏曉雨卻對他說道：

「屠手是現今世界上最有名也最神秘的殺手組織，從他們接第一次任務到現在，只要是屠手接下的任務，無論有多麼艱巨，他們都能完成，只要你出得起價，就算你想殺美國總統，他們也能辦到。」

魏曉雨是軍方的特勤人員，對於國際上的這些機密組織她十分熟悉。屠手的臭名她更清楚，不過屠手的魔手暫時還沒有伸到中國來，所以她也只是聽聞而沒曾真正遇見過。

不過對於屠手的凶名，她倒是清楚得很，也有很多地方覺得想不透，但後來遇見周宣後就想通了，這個世界上奇人異士層出不窮，想不通只是她沒見到而已。

聽了魏曉雨的介紹，周宣明白了，屠手就是一個神秘的殺手組織，這些殺手組織的背後，都有一個最神秘最厲害的頭頭，想必毛峰要對付的就是這個人吧，拿姦要拿雙，擒賊要擒王，只要把屠手的頭領幹掉了，那其他的殺手都成了散沙，群龍無首，自是不足爲慮了。

這意思周宣明白，光看這些訓練出來的殺手都厲害成這樣子，那背後會異能又有超出地球科技的先進武器，只怕是不好對付，就算毛峰跟他聯手，恐怕也不是易事，不過，現在倒是由不得周宣考慮答不答應的問題，他不對付屠手，屠手一樣會派更多更厲害的殺手來追殺他們，這個是肯定的。

只是周宣信不過這個毛峰，雖然他救了自己三個人，但從直覺上就不信任他。

周宣沉吟了一陣，慢慢站起身，這個毛峰身上流露出一股妖異而又凜冽的殺氣，但周宣可以感覺到，這不是毛峰想要殺他們才流露出來的氣息，而是他本身所流露的氣息，猶如一把出鞘的有生命的妖刀。

周宣盯著毛峰半晌，最終決定暫時先跟他聯手，畢竟有這樣一個幫手，總是比有這樣一個敵人要好得多。雖然他也不敢肯定以後他會不會是自己的敵人，但至少目前看來，兩人聯手還是好過單槍匹馬地跟屠手對幹。

再加上屠手太神秘太不可測，周宣可以說對屠手是一無所知，遇到的屠手中的三個殺手也都沒能得到半點線索，這些殺手無一不是在任務失敗不能完成時，引爆了超級炸彈而粉身碎骨，不留下半分痕跡，就憑這份死士決心就夠可怕的了。

「你說找了我很久，我倒想聽一下，我們是怎麼認識的？」周宣沒有先說聯手的事，而是向毛峰問起了他想要知道的事。

毛峰盯著周宣的臉，瞇著眼睛看了半晌，周宣不像是演戲，難道他真的失憶了？又想起那天在海上的情景，轟天巨響的爆炸後，自己趁機拿走火隕刀逃離油輪時，周宣似乎頭破血流地伏在甲板上。

毛峰心裏有些明白了，周宣極有可能就是在那一下猛烈地撞擊後，頭部受了重傷而引起了失憶。而自己雖然一直躲避著他，但等弄明白了火隕的秘密，並掌握了火隕的力量後，卻又因爲一件意外的事而惹上了屠手，被屠手追殺。

毛峰在與屠手中的殺手交手幾次過後便明白，憑他一個人的力量絕不會是屠手的對手。對付這些殺手，一個一個單獨交手，他還有一定的勝算，但若是群攻，或者又引出屠手中更

厲害的殺手來，他就沒有把握了。

記得上一次，他追蹤屠手殺手時就遇到了一個重量級的人物，兩人一交手便是兩敗俱傷的局面。

毛峰在逃走後，便立即著手尋找周宣的下落，因為他知道，屠手既然把他擺到了明處，必定就會對他窮追不捨，直到把他消滅為止。所以，現在他唯一的生路便是找到周宣。

在油輪上，他算是明白了周宣的能力，就算他現在擁有了火隕的恐怖能力，但可能仍然不是周宣的對手。周宣的能力還是勝過他一籌的，從船上領教過的那些來看，他就辦不到。如果與周宣聯手的話，或許還能出其不意地讓屠手吃個大虧。所以一等得到周宣的消息後，毛峰便立即馬不停蹄地趕了過來，但沒料到的是，周宣竟然成了個失憶的人。

不過這樣反而更好，除了他自己，已經沒有任何人知道他們之間的過節了。

或許這樣更方便他跟周宣合作。只要聯手把屠手除掉，以後再慢慢想辦法除掉周宣。現在，還是屠手對他的威脅最大，周宣就算沒有失憶，對他的威脅倒也沒有什麼，更別說失憶了。

毛峰看著周宣的表情，又見魏曉雨和傅盈兩個女孩子都盯著他，只要一猶豫，他們就會懷疑自己說話的真實性，這會影響到兩人的合作，想了想便道：

「周老弟，我跟你說實話吧，我們的相識有些複雜。數月前，我帶了家傳的藏寶圖，到東海附近的海域搜尋查找，本來以爲會無功而返的，但在海上遇到了周老弟的漁船。那時我並不知道會遇上周老弟這樣的奇人，所以綁架了漁船，後來全靠周老弟的能力才得到了那件寶貝。不過，在得到這件寶貝的時候，發生了極凶險的情況，我猜周老弟就是在那個時候給撞傷了頭部而失憶的。我也給炸飛了，醒來後已經是漂流在茫茫大海上了，好在遇到一艘過路的貨輪才得救。」

毛峰這話不盡切實，但有一大半倒是實話，周宣雖然不會全信，但也覺得可能是這樣。

魏曉雨雖清楚事後的情況，但周宣之前在海上到底發生了什麼事，她也不知道，現在毛峰這樣一說，倒是恍然大悟，想了想問道：

「毛先生，我想問一下，你要找的寶貝到底是什麼東西？沉船上的古董？」

毛峰淡淡一笑，說道：「嘿嘿，我想你也應該明白，對於我們這樣的人來說，古董算得了什麼？我也不瞞你，我得到的是一件極有殺傷力的東西，我這樣說，不知道你能不能明白？」

魏曉雨當然明白，不過，毛峰不願說出到底是什麼東西，她也不好再追問下去。

周宣到底與魏曉雨和傅盈不同，他身有異能，感受大爲不同。毛峰身上流露出來的氣息，讓他有一種說不出來的怪異感覺，極爲難受，而毛峰的眼睛也顯得有些異常，與正常人有些不大相同，只可惜自己的異能現在探測不到他的體內情況。

周宣想了想，便說道：「毛先生，我無意於你的那件寶貝，但我覺得你身上有一種凶氣。我不知道你身上還有沒有其他類似的東西，但這種凶氣似乎是一種寄生體，你只是它的宿主。並且，我發覺你已經受到了它的改變，只是到底是什麼原因，我也說不上……」

毛峰淡淡一笑，回答道：「多謝周老弟的關心，你說的我明白，無論它怎麼變，我都還是我，它對於我來說，只不過是一件武器而已。」

周宣的話，毛峰不是不明白。從得到火隕的強大能量開始，毛峰就覺得自己已經牢牢被它牽引住了，如同吸了毒品一樣無法自拔，也不想捨棄。那種手握利器，執掌天下，睥睨一切，強橫力量在身上的暢快感無法形容，別說只是被火隕的凶氣牽制，就是要折壽來換取，毛峰都會毫不猶豫地拿壽命來換取得到火隕的機會。

「好，既然毛先生是這樣的想法，又救了我一命，那也沒什麼好說的，聯手就聯手吧，只是要怎麼行動，以後又怎麼聯繫，要如何跟屠手相抗呢？」

毛峰點點頭道：「這個我早有考慮，你拿著這個手機，我們用它來聯繫。」說著，從身上掏出一支手機來遞給周宣。

周宣接過來看了看，手機是個普通的手機，並沒有奇特之處，異能探測了一遍，毛峰在手機上沒有做手腳，當下也不再看手機裏儲存了什麼，順手揣進衣袋裏。

周宣對毛峰還有幾分忌憚。而且傅盈和魏曉雨也嘗到了苦頭。在毛峰面前，她們一身高強的功夫簡直就是毫無用武之地，被毛峰壓制得動彈不得。

再回過身來時，周宣和魏曉雨傅盈三個人驚奇地發現，毛峰竟然消失了。

周宣立即運起異能探測了一下，四周數十米的範圍中，搜尋不到半點毛峰的蹤影，看來毛峰是真走了。

魏曉雨皺著眉頭低聲道：

「這個毛峰詭異得很，我一點兒也不相信他。」

周宣自然也是不會相信他，但畢竟他們共同的敵人是屠手不假，只是毛峰顯然不會像他說的那樣，兩人同心協力地對付屠手，他背後一定還有別的算計。

毛峰就這樣神秘地出現，接著又神秘地消失了。周宣長長呼出了一口氣，看著給毛峰一刀之力劈到爆炸的那個地方，有如荒漠一般的樣子，著實可怖，要不是毛峰出手，這一關還真過不了。

三個人緩緩回到樹林邊的公路處，三輛車前前後後停靠在路邊。

周宣看了看前後左右，沒有行人車輛過路，當即運起異能將兩輛車轉化吞噬了。在路邊看不到半點破綻和殘留的痕跡，然後三個人才上車，傅盈氣悶悶地不再開車。

周宣只得坐上駕駛座上自己來開。兩個女孩子坐在後座上相互不說話。魏曉雨害怕的心

思過後，此刻倒是自然起來，先前那種顫抖蒼白的模樣再也尋不到了。

周宣開著車回到住宿的酒店中，傅盈毫不示弱地跟著進了酒店，也跟著進了他們的房間。魏曉雨再不痛快，卻也說不出讓傅盈滾蛋的話來，畢竟她才是第三者，是她奪走了傅盈的幸福。

如果不是周宣失憶，她又哪裡能讓周宣跟她在一起？而且她在這件事情上，可以說是欺騙了周宣，也欺騙了傅盈。

煩歸煩，但要對傅盈說狠話，她還是辦不到，如果周宣以後恢復了記憶，那她對傅盈所做的，只會讓周宣更生氣更惱怒，周宣的性格她不是不清楚。

周宣是個重情重義守信諾的人，他對傅盈的忠貞愛護程度，讓魏曉雨十分地擔心，如果以後周宣恢復記憶了，會對她做出什麼樣的舉動來？

沒找到也就罷了，現在找到了周宣，傅盈當然不會再讓周宣跟魏曉雨同住一房，跟著進了他們的房間後，便坐在房裏不走了。

魏曉雨自然明白她的意思，又罵不出傅盈厚臉皮的話來，周宣想了想，摸了摸頭，索性到服務台再開了兩間房，讓她們兩個人一人一間單獨住，這樣就不會鬧了。

看來自己以前的經歷，這個傅盈說得可能沒錯，否則魏曉雨不會忍氣吞聲地接受。魏曉雨雖然對他百依百順的，但對外人可是強硬得很，不會吃半點虧，這一點，周宣十分清楚。

加上魏曉雨本身的身手又極強，即便是別人想占她便宜、想要讓她吃虧，那也辦不到。

但今天，魏曉雨在傅盈面前卻是一句狠話都說不出來，周宣開了兩間房後，兩個人也是一言不發地回到房間，只要周宣沒跟她們中的任何一人在一起，她們兩個倒是相安無事。

在酒店裏待了一下午，天快黑的時候，圖魯克親王率著胡山等護衛回來了，與周宣寒暄了幾句便各自回去休息。

周宣接下來便取出九星珠來，極力恢復異能。有九星珠的能量，恢復起來就快多了，如果沒有九星珠，僅憑他自己的練習恢復，那至少得兩天時間才能恢復這麼大的損耗，但有儿星珠在手，吸取九星珠的能量來恢復，周宣就只花了幾個小時。

恢復異能後全身輕鬆，又再探測了傅盈和魏曉雨的情形：兩個女孩子都在房間裏發呆。周宣苦惱地收回異能，不再看她們兩個。遇到這樣的情況，又不知道自己以前到底是怎麼回事，現在問也問不出真實確切的情況來，只有等到恢復記憶的那一天才能真正瞭解實情。

異能恢復後，周宣把自己放鬆了準備睡一覺，不管怎麼樣，還是先睡一覺再說。

早上是被服務生的敲門聲吵醒的。周宣起床後，那服務生對他說了一通，可周宣聽不明白，但瞧那服務生比手劃腳的樣子，好像是說有個客人要找他，現在住在隔鄰的房間裏。

周宣以爲又是傅盈或者魏曉雨找他，皺了皺眉，然後跟著那服務生到了隔壁的房間。

那服務生伸手敲了敲門，然後推門進去，周宣跟著進去，在房間裏看到的，卻是一個陌生的東方男子，正在看電視。

那服務生躬身退出了房間。

周宣腦子裏沒有這個男子的印象，正想問他，卻見那個男子訕訕地對他說道：

「宣哥，我真後悔當初書沒念好，現在看個電視，一句都聽不懂，英語差真的很糾結啊！」

周宣不認識這個說話肆無忌憚的年輕男子，但感覺到他對自己是毫無隔閡的。

這個男子就是李爲，是傅盈打電話讓他偷偷趕過來的，而且要他保密，先不對家裏任何人說起周宣的事。

李爲自然急急就搭飛機過來，因爲到的時候是凌晨，時間太早，不方便叫周宣，所以開了一間房，在房裏等候。閒著無事，又睡不著覺，所以開了電視來看。

服務生領著周宣來到李爲的房間後，李爲惱了一句，瞧著周宣醒悟過來，趕緊問道：

「宣哥，我的哥哥啊，什麼不好幹，偏要做離家出走的事？」

末了又添了一句：「讓我的漂亮嫂子守活寡！」

李爲說話向來是無所忌憚，在他眼裏，最有權威的，除了爺爺、老子，就只有周宣了。爺爺和老子那是家威難避，而周宣卻是真正讓他完全服氣和佩服的一個人，所以對周宣，他做什麼都是無條件又真心地替他做，更何況，現在他還是周宣的親妹夫，親上加親，關係自然就更不同了。

李爲把周宣拉到沙發上坐下，盯著他問道：「大哥啊，究竟是怎麼回事？」

周宣皺著眉頭道：「先生，我並不認識你，你說的我也聽不懂。我在兩個月前失去了記憶，而且怎麼失憶的，我也不記得了，所以……很抱歉。」

李爲瞇著眼盯著周宣看了半晌，詫道：

「你真的失憶了？漂亮嫂子說了我還不信，現在看來還真像那麼回事。」

李爲不得不相信，他對周宣的瞭解也很深，周宣向來不是個會演戲的人，而且以他對傅盈的情深似海，他是絕對不會在她面前演出這種戲來的。

李爲呆了半晌，好半天才傻愣愣地道：「我可憐的漂亮嫂子啊！」

周宣看著這個魯莽卻又率直的男子，雖然腦子裏沒有關於他的記憶，但從心底裏就喜歡他，便說道：「你是誰？我們認識嗎？」

「廢話，能不認識嗎？」李爲毫不客氣地說著。言語表情都是抑制不住的喜悅，「我是你親妹夫哎，你說能不認識嗎？雖然你失憶了，但謝天謝地，總算是找到你了！」

請續看《淘寶黃金手II》卷六 敵友難分

【附錄】

兩岸主要古玩市場．市集地址

台灣古玩市場．市集地址

台北市建國假日玉市：北市仁愛路、濟南路及建國南路高架橋下
台北市光華假日玉市：新生北路與八德路口
台北市三普古董商場：台北市新生南路一段十四號
台北市大都會珠寶古董商場：台北市中山區松江路二九一號B1
新竹市東門市場：新竹市東區中正路一〇六號
台中市立文化中心周遭：英才路、美村路、林森路、公益路、金山路和民生路等地段
台中市第五期重劃區：大隆路、精明一街、精明二街、東興路和大業路等地段
彰化：彰鹿路
高雄市：廣州街、廈門街、七賢三街、中正路、大豐路等

大陸古玩市場・市集地址

北京古玩城：北京市朝陽區東三環南路廿一號
北京潘家園舊貨市場：北京市朝陽區華威里十八號
上海國際收藏品市場：上海市江西中路四五七號
天津古物市場：天津市南開區東馬路水閣大街三十號
天津古玩城：天津市南開區古文化街
重慶市綜合類收藏品市場：重慶市渝中區較場口八二號
廣東省深圳市古玩城：廣東省深圳市樂園路十三號
廣東省深圳華之萃古玩世界：廣東省深圳市紅嶺路荔景大廈
江蘇省南京夫子廟市場：江蘇省南京市夫子廟東市
江蘇省南京金陵收藏品市場：江蘇省南京市清涼山公園
浙江省杭州市民間收藏品交易市場：浙江省杭州市湖墅南路
浙江省紹興市古玩市場：浙江省紹興市紹興府河街四一號
福建省白鷺洲古玩城：福建省廈門市湖濱中路
福建省泉州市塗門街古玩市場：福建省泉州市狀元街、文化街及鐘樓附近
河南省洛陽市西工古玩市場：河南省洛陽市洛陽中州路
河南省洛陽市潞澤文物古玩市場：河南省洛陽市九都東路一三三號

湖北省武昌市古玩城：湖北省武昌市東湖中南路

四川省成都市文物古玩市場：四川省成都市青華路三六號

遼寧省大連市古玩城：遼寧省大連市港灣街一號

遼寧省瀋陽市古玩城：遼寧省瀋陽市瀋陽故宮附近

黑龍江省哈爾濱市馬家街古玩市場：黑龍江省哈爾濱市南崗區馬家街西頭

吉林省長春市吉發古玩城：吉林省長春市清明街七四號

山東省青島市古玩市場：山東省青島市昌樂路

河北省石家莊市古玩城：河北省石家莊市西大街一號

山西省平遙古物市場：山西省平遙縣明清街

山西省太原南宮收藏品市場：山西省太原市迎澤路

陝西省西安市古玩城：陝西省西安市朱雀大街中段二號

安徽省合肥市城隍廟古玩城：安徽省合肥市城隍廟

甘肅省蘭州古玩城：甘肅省蘭州市白塔山公園

雲南省昆明市古玩城：雲南省昆明市桃園街一一九號

江西省南昌市滕王閣古玩市場：江西省南昌市滕王閣

貴州省貴陽市花鳥古玩市場：貴州省貴陽市陽明路

湖南省長沙市博物館古玩一條街：湖南省長沙市清水塘路

淘寶黃金手II 卷五 價值連城

作者：羅曉
出版者：風雲時代出版股份有限公司
出版所：風雲時代出版股份有限公司
地址：105台北市民生東路五段178號7樓之3
風雲書網：http://www.eastbooks.com.tw
官方部落格：http://eastbooks.pixnet.net/blog
Facebook：http://www.facebook.com/h7560949
信箱：h7560949@ms15.hinet.net
郵撥帳號：12043291
服務專線：(02)27560949
傳真專線：(02)27653799
執行主編：朱墨菲
美術編輯：許惠芳

法律顧問：永然法律事務所 李永然律師
北辰著作權事務所 蕭雄淋律師

版權授權：蔡雷平
初版日期：2013年10月
初版二刷：2013年10月20日
ISBN ：978-986-146-994-2

總 經 銷：成信文化事業股份有限公司
地　　址：新北市新店區中正路四維巷二弄2號4樓
電　　話：(02)2219-2080

行政院新聞局局版台業字第3595號 營利事業統一編號22759935

定價：280元　特價：199元

國家圖書館出版品預行編目資料

淘寶黃金手II ／ 羅曉著. -- 初版-- 臺北市：風雲時代，
2013.07 -- 冊；公分

ISBN 978-986-146-994-2（第5冊；平裝）

857.7　　102010303